霧氷

ベティ・ニールズ 作

大沢 晶 訳

ハーレクイン・ロマンス

東京・ロンドン・トロント・パリ・ニューヨーク・アムステルダム
ハンブルク・ストックホルム・ミラノ・シドニー・マドリッド・ワルシャワ
ブダペスト・リオデジャネイロ・ルクセンブルク・フリブール・ムンバイ

THE SILVER THAW

by Betty Neels

Published by Harlequin Japan, a Division of K.K. HarperCollins Japan, 2024

ベティ・ニールズ

イギリス南西部デボン州で子供時代と青春時代を過ごした後、看護師と助産師の教育を受けた。戦争中に従軍看護師として働いていたとき、オランダ人男性と知り合って結婚。以後14年間、夫の故郷オランダに住み、病院で働いた。イギリスに戻って仕事を退いた後、よいロマンス小説がないと嘆く女性の声を地元の図書館で耳にし、執筆を決意した。1969年『赤毛のアデレイド』を発表して作家活動に入る。穏やかで静かな、優しい作風が多くのファンを魅了した。2001年6月、惜しまれつつ永眠。

主要登場人物

アミリア・クロスビー……聖アンセル病院の手術室専属看護師長。
シビル……アミリアの部下。聖アンセル病院の看護師。
アンジェラ……アミリアの親友。
レティー・サーズビー……アミリアの学生時代のライバル。
トム・クラウチ……アミリアの婚約者。聖アンセル病院の内科医。
バーバラ……アミリアの親類。
ディリア……アミリアの伯母。
クロスビー氏……アミリアの父親。
ボニー……クロスビー家の家政婦。
バジャー……クロスビー家の執事兼秘書。
トムリジョーンズ……聖アンセル病院の外科医。
ギデオン・ファンデルトルク……麻酔専門医。医学博士。
ファンデルトルク夫人……ギデオンの母親。
レーニエル……ギデオンの弟。
サスキア……ギデオンの妹。
フィオーナ……ギデオンの友人。
ヨーリット……ファンデルトルク家の執事。
ティスケ……ヨーリットの妻。

1

手術室には重苦しい沈黙が垂れ込めていた。技術上の手違いがあったわけではなく、午前中最後の患者の脾臓《ひぞう》摘出手術はほぼ予定どおりに進行し、間もなく終わろうとしていた。しかしスタッフ一同にとってはなはだ遺憾なことに、彼らのチーフである主任執刀医師のご機嫌は最悪だった。今日は朝から立て続けに手術が五件。うち二件は、予定表に無理やり割り込んできた急患の虫垂除去手術である。

「ふん、盲腸か」と彼は言った。問題のない単純な手術であればあるほどトムリジョーンズ医師は怒りっぽくなる——これは病院内で知らぬ者とてない有名な定理だ。あいにく今日は現在進行中の手術も含めて五件すべてが、彼の忌み嫌う〝くだらん〟手術だった。

加えて、今日の助手を務める実習外科医が医局でいちばんの気弱な青年だった。彼はチーフの見幕を恐れるあまり、かえってミスを重ねた。不運な青年が器具を取り落とし、あるいは間違った器具を使うたびに、チーフは低い声で聞き苦しい悪態を浴びせた。切開した腹部の縫合が終わったとたん、怒ったライオンのようなうなり声がまたもやチーフの口をついて出た。実習医が糸を傷口ぎりぎりの位置で切ったために縫い目がほどけ、切開部が再び口を開けてしまったからだ。

スタッフ全員が呆然《ぼうぜん》とする中で、機敏に行動を開始したのは手術室専属看護師長だった。彼女はぼんやりと立ちつくしたままの実習医から鋏《はさみ》を取り上げてかわりに綿球を握らせ、チーフには新しい糸を通した針を手渡した。彼が苦虫をかみつぶしたような顔で再び縫合に取りかかると看護師長は後ろに下がり、手術室全体に冷静な視線を走らせた。

外科医二人、実習医一人に麻酔専門医一人の計四人が今日の医師団だ。ほかに機械担当技師が一人に看護師が看護師長以下四人。うち二人は看護学校の実習生だが、手術に立ち会うのは今日が初めてという新入りの看護学生は手術室の険悪な雰囲気におびえきって、さっきから目に大粒の涙を浮かべている。

糸が短くなったのを見て看護師長は新しい針と糸をチーフに渡し、静かに言った。「先生、うちの看護師を泣かせていただいては困りますわ」

「根性のない者は手術室に入らんことだ」というのがトムリジョーンズ医師の返事だった。

看護師長の美しいはしばみ色の目が彼を見つめた。

「新入りにしては珍しくしっかりした子なんですが、先生のご威光に恐れをなしているんでしょう」

「手術中のむだ口は慎んでくれ、看護師長……ただ、看護師の教育は君に任せてあるんだから。まあ、しっかりやりたまえ、アミリア」

大きなマスクに隠れて顔は見えなかったが、機嫌が少し直ったのは明らかだった。彼が看護師長を〝アミリア〟と呼んだからだ。さっきの〝威光〟という言葉がトムリジョーンズ医師の自尊心をくすぐったらしい。実習医と違って冷静にチーフを助けていた医局外科医が、看護師長にウインクを送った。

その後の手術は順調に進み、やがて患者は無事、もとの病室に運ばれていった。医師たちが引き揚げた後も、技師と看護師たちは手術室に残って後片づけと午後の手術のための準備に追われた。だがアミリアは作業の半ばで副看護師長格の看護師シビルに後を任せ、新入りの看護学生を隣の麻酔室に呼び出した。

まだ目を赤く泣きはらしている新米看護師に向かって彼女は優しく諭した。「今日のトムリジョーンズ先生は、あれでもまだ機嫌がいいほうだったのよ。大丈夫、場数さえ踏めば、手術中に何が起こっても適切な対応ができるようになるわ。今日だってあなた、初めてにしては上出来よ」しおれきった看護学生の表情がわずかに明るくなったのを見て、アミリアは美しい顔をほころばした。「そう、その調子で頑張るのね。あなたも、いつかは看護師長と呼ばれるようになるんだから。看護師長っていうのは責任も重いけれど、やりがいのあるすばらしい職務よ」

看護学生を再び手術室に送り出した後、アミリアは廊下の先にある自分の看護師長室に向かった。手術を終えた医師たちはアミリアの出すコーヒーとビスケットで一服しながら、手術を振り返って雑談するのを楽しみにしているのだ。

手術室専属看護師長というのは確かにやりがいのある仕事だと、彼女は廊下を歩きながら考えた。しかし看護師長になって四年を経た現在、この仕事を永久に続けたいかというと、少々疑問もわいてくる。

アミリアは年もすでに二十七で、一年前から婚約者もいる。相手は、この聖アンセル病院の内科で医局医師をしているトム・クラウチ。医局内でも有望視されている優秀な青年だが、本人は現在の地位に決して満足しておらず、社会的にも経済的にも、より高度の安定した生活を求めている。そのためには結婚後も当分の間は共働きの形でいきたいと望み、アミリアも即座に承知した。

しかし、田舎の大地主の一粒種であるアミリアにしてみれば、あくまで独力で望みを達成したいというトムの気負いが少しもどかしく思えるのも事実だった。今日、明日に結婚したとしても、彼の描いているような優雅な生活を始めることは可能だ。自分の信念を貫こうとするトムの姿勢は立派だが、それを婚約者にまで押しつけようというのは少し強引すぎるのでは……。

「すまないが、アミリア、コーヒーのおかわりを頼むよ」トムリジョーンズ医師の声で彼女は我に返った。今日は話がはずんでいると見え、いつの間にかコーヒーポットは空になっていた。アミリアは手術室付き雑用係のおばさんに文句を言われながらもコーヒーを入れ直してもらい、ポットを看護師長室に運ぶと自分は午後の手術に備えて手術室に戻った。

午後の手術は和気あいあいの雰囲気のうちに行われた。チーフのゴドウィン医師はトムリジョーンズ医師とは対照的に、温厚を絵に描いたような人物でスタッフにとっては大助かりだった。しかし、何事にも難はあるもので、彼は非常に優れた外科医でありながらも少々動作が遅く、たった一件の手術に夕方までかかってしまった。

アミリアが疲れきった足を看護師長室のソファーに投げ出したのは午後五時すぎだった。幸い、あと二日で公休が回ってくる。それに今夜はトムとデートの約束があったことを思い出して、彼女の気分はようやく軽くなった。

アミリアは病院内にある看護師宿舎の自分の部屋に引き揚げ、入浴と着替えをすませた。約束の七時まではまだかなりの余裕があったので、髪と顔の手入れにも時間をかけることができた。

身づくろいを終えて鏡の前に立ってみると、われながらまずまずの出来ばえだった。こげ茶色の豊かな髪は頭の後ろで優雅に結い上げられ、山吹色のニットジャージーのドレスともよく調和している。そのドレスはデザインがシンプルなだけに、生地と仕立ての良さ、そして女性にしては大柄な彼女の体の線をいっそう美しく浮き彫りにしていた。

七時に十五分ほど前、アミリアはドレスの上にアンゴラのコートを羽織って病院のロビーに下りていった。守衛長のジャイルズと雑談して時間をつぶしていると、やがてトムの静かな声が背後に聞こえた。

「やあ、待たせてすまなかったね、アミリア」

二人は笑顔で歩み寄り、肩を並べて出口に向かった。ただアミリアにしてみれば、トムがジャイルズの面前だということも忘れて情熱的なキスで再会を祝してくれればよかったのに、という小さな不満が残った。もちろんトムは情熱に我を忘れることなどありえない沈着冷静な人間だ。アミリアを助手席に乗せて夜のロンドン市街を走っている間も、彼は模範的ドライバーの見本のような運転ぶりだった。

二人がデートに利用する店は、たいてい決まっていた。今日も二人はブロンプトン・ロードのイタリア料理店に入り、すっかり顔なじみになっている給仕長の案内でいつもの席に着いた。

腰を下ろしながら、トムは婚約者のドレスにちらりと目をやった。「それ、新しいドレスだろう?」

「そうなの。似合ってる?」

「よく似合うよ。きっと、給料一カ月分ぐらいの値段はしたんだろうね」どこかぎごちないトムの微笑を見て、アミリアは小さなため息をついた。

「確かに安物じゃなかったわ。でもね、トム、私はあなたを援助するためだったら、喜んで同じ服を何年でも着続けるつもりよ。だけど、あなたは私の援助なんかいらないって……」

「今はいらないよ。君の援助をあてにして結婚するつもりのないことは、以前から言っているとおりさ。しかし、結婚後はむだ使いを慎んでほしいんだ」

アミリアは軽いショックをうけた。「でも、トム、私が自分のお金を使うのは構わないんでしょう? 私には、亡くなった母の遺産から毎月一定額の手当が来ていることは、あなたも知ってるわよね? これは結婚しようがしまいが、私が死ぬまで続くことになっているのよ」

トムはメニュー表を眺めていた。「僕たちが結婚したら……つまり、僕が君を養っていけるだけの収入が得られるようになったら、という意味だが、そうしたら、僕が君に毎月の手当を渡すよ」

「でも、私が結婚後も仕事を続けるとしたら……」

「それとこれとは話が違う。わかるだろう?」

実を言うと、よくわからなかったのだが、アミリアは素直にうなずいた。一人娘に甘い父親のもとで何不自由なく育てられたために、いつの間にか自己中心の誤った考えの持ち主になっていたのかもしれない。当分は新しい服に飛びつくのをやめようと心に決めながら、彼女はメニュー表を見つめた。

二日後、アミリアは西へ向かう列車に乗っていた。コッツウォルド丘陵地帯の小村マンスルアボット村が、彼女の生まれ育った故郷だ。

幼くして母を失ったアミリアは名門の女子寄宿学校を卒業後、大学進学を勧める父の助言を振り切って家に戻り、親子水入らずの生活を始めた。彼女が物心ついたときから家にいる家政婦のボニーに家事の切り盛りを学び、晴れた日は愛馬のソラルを駆って遠乗りに出かけた。穏やかな日々だった。

あまりの穏やかさに漠然《ばくぜん》とした不満が芽生え始めていたころ、父が急性肺炎にかかって入院した。機敏に立ち働く看護師の姿を目の当たりにしたことが、彼女の人生の大きな転機になった。父の全快を待ってロンドンの聖アンセル病院付属看護学校に入学。最優秀の成績で卒業。正看護師を経た後、手術室専属看護師長として二つの大手術室の運営責任を担うようになったのはまだ二十四歳のときだった。

一年後にトムと知り合い、さらに一年後、二人は婚約した。トムを実家に連れていって父に引き合わせ、トムが買ってくれた小さいながらも質のよいダイヤの婚約指輪を父にもボニーにも見せて自慢した。

そのときのことを思い出してほほ笑みを浮かべながら、アミリアは列車を降りた。駅には父が古い大型車のベントリーで迎えに来てくれていた。

父の車の助手席に座ったアミリアは、幸せな気持で周囲を見回した。見慣れた美しい景色が広がっている。特に今は秋。アミリアが最も愛する季節だった。緑から金色や茶色や赤へと変わる木の葉の色、落ち葉をたく煙のにおいも好きだった。

風景にうっとりと見とれている娘の傍らで、クロスビー氏は陽気にしゃべり続けていた。先日、あと一息のところで取り逃がしてしまった巨大なますのこと、最近作った新しい毛鉤《フライ》のこと、例の釣り場でまた川魳《パイク》に逃げられたこと……。アミリアの父は熱狂的な釣りマニアだ。アミリア自身は釣りにさほどの興味を持っていないが、何度か父の旅行に付き合っているうちに、今ではいっぱしの釣りの知識を持つようになっている。

アミリアは愛情をこめた微笑を浮かべて父の横顔を見つめた。少し背中が丸くなり、髪もすっかり白くなったとはいえ、端整な顔だちは村中の娘たちのあこがれの的だったという若いころの面影を今も十分にとどめている。父の顔立ちに若さと娘らしい丸みをつけたのがアミリアの顔だが、はしばみ色の目だけは亡き母親譲りだ。その目を陽気に輝かしてアミリアは言った。

「最近の釣果は芳しくないみたいね。スコットランドあたりへ遠征してみればどう？」

ハンドルを大きく切って屋敷内の私道に車を乗り入れながら、父は愉快そうに笑った。「いいや、もっといいところがある。ノルウェーだ。ジェンクスが行ってきたばかりなんだが、信じられんほどの大漁だったそうだよ。お前も一緒にどうだね？」

車を降りて歩き始めていたアミリアは、驚いて足を止めた。「だってお父さん、今は九月も下旬よ」

「だから、どうした？　若い者が少々の寒さを怖がってどうする。そうだ、トムも連れてくればいい。休みは取れんのか？」

「有給休暇が一週間は取れるはずよ。私は三週間取れるけれど、でも……」

「一週間でも構わんじゃないか。ノルウェーぐらい、ヒースロー空港からひとっ飛びだ。将来のことをゆっくり話し合うチャンスだと思うがね。お前たち、式の予定もまだ立ててはおらんのだろう？」

話しながら家の中に入ってきた父と娘を家政婦のボニーが出迎えた。ボニーの胸に飛び込んで帰宅の挨拶《あいさつ》をした後、アミリアは客間に入って石造りの暖炉のそばに座り、父を見上げた。

「もう少し蓄えができてから結婚しようってトムは言うのよ。あと二年ぐらいはかかりそうね」やや不満げな声になってしまったが父は何も言わず、二つのグラスにシェリー酒をつぎ分けてから、やおら口を開いた。

「若いうちは、とかく先のことも考えずに結婚に走るものだが、お前たちは、そういう連中とは違うようだな」

「ええ。トムはそういうタイプじゃないわ」

一瞬クロスビー氏は何か言いたげな表情を見せたが、気が変わったらしく、娘にグラスを手渡して穏やかに言った。「お前たちの計画は計画として、一週間ほどノルウェーで過ごすのも悪くはあるまい。トムが帰った後も、お前は残ってのんびりと休暇を楽しめばいい。向こうは景色もいいし、珍しい食べ物や料理もあるぞ」

アミリアは次第に乗り気になってきた。「いつごろ出発するつもり？」

「今日が九月の、ええと、二十日だから……十日後ということで、どうだ？」

アミリアは眉を寄せ、急いで計算した。「大丈夫だと思うわ。トムリジョーンズ先生の休暇が、ちょうどそのころだから手術の件数も少しは減るだろうし、看護師のほうの人手も足りているから……ええ、

「なんとかなりそうよ」

父は大きくうなずいた。「結構、結構。なるべく都合をつけて、トムも一緒に連れておいで」

ボニーに呼ばれて、親子は樫《かし》の羽目板を巡らした食堂に行き、昼食のテーブルに着いた。食事中の話題はベルゲンまで一気に飛行機で行くか、それともニューカッスル港から車と一緒にフェリーで北海を渡るかの論議だった。

「やはり、飛行機だな」とクロスビー氏が断を下した。「車は現地で調達すればいい。釣り船もだ。それから……そうそう、何も着飾っていく必要はないぞ、アミリア」と彼は釘を刺した。「防寒第一で服を選ぶことだ。なにしろ行き先はノルウェーでも北部のロフォーテン諸島だからな。そこのストックマルクネとかいう小さな町に、感じのいいホテルがあるとジェンクスが言っていた。気分を変えたくなったら、ヒンネイ島のハルスターに渡ろう」

「島から島へ、そう簡単に渡れるの？」

「心配ない。ちゃんと橋がかかっていて、車で渡れる。お前とトムは釣りに飽きたら車で観光ドライブにでも出かければいいさ」

それも悪くない、とアミリアは思った。病院を忘れ仕事を忘れた二人だけの時間が持てれば、二人の将来についてのトムの考えを変えさせることができるかもしれない。「わかったわ、お父さん。病院に帰ったら、なるべく早くトムに相談してみます」

二日間の休暇をアミリアは心ゆくまでのんびりと過ごした。馬の世話をし、庭をいじり、庭師のジョーブ老人のとめどない繰り言を聞いてやった。人生の大半をクロスビー家に捧げてきた執事兼秘書のバジャーは〝アミリアお嬢様〟の病院での活躍ぶりを知りたがった。疲れると台所へ行き、昼食の準備に忙しいボニーの傍らで、焼きたてのビスケットをつまみ食いした。

家政婦は笑いながらにらみつけた。「太りますですよ、アミリア嬢ちゃま」

「平気よ。仕事が忙しくて太る暇もないんだから」

とは言ったものの、アミリアは台所の壁に掛かった時代物の鏡の前に行って自分の姿を点検してみた。大丈夫、太ってはいない。上背があるのだから、これぐらいの丸みは付いていないと物干し綱を張る柱と間違えられかねない。もっとも、現代の流行から言えば少々丸みがありすぎるのも事実だ。

「わかったわ、ボニー。お昼前なんだから、もうビスケットのつまみ食いはよしておくわ」アミリアは殊勝な顔つきで言い、テーブルに載っていたりんごを一つ失敬して台所を出た。

トムと話す機会は、聖アンセル病院の勤務に戻ってすぐに訪れた。彼が翌日に手術を控えた内科患者の資料を持って看護師長室にやって来たのだ。アミリアは書類整理の手を休めて笑顔でトムを見上げた。

毎度のことながら、トムはキスしたいというそぶりさえ見せなかった。婚約した直後、彼は公私の区別は厳格にわきまえるつもりだと言明し、現在に至るまで自分の言葉を忠実に守り続けている。アミリアは彼の意志の強さに敬服する一方で、たまにもどかしい思いにもさせられた。

「忙しいのかい？」トムが笑顔でたずねた。

「それほどでもないわ。それよりトム、今月の末ごろ休暇が取れる？」

書類に目を通していたトムがファイルを下に置き、アミリアを見つめた。「取ろうと思えば取れるよ。なぜだい？」

アミリアは父の計画を話し、さらに付け加えて言った。「行きましょうよ。二人とも忙しくてめったにデートもできなかったんですもの。たまには静かな場所でゆっくりしたいわ」

「釣りか……。悪くないな。やったことはないが、以前から一度は手を染めてみたいと思ってたんだ。ただ、季節が遅すぎやしないかい？」

「朝晩は冷え込むでしょうね。でも、快適なホテルがあるんですって。釣りに飽きたら二人で付近を探索するのもいいだろうって父は言ってるの」

「飽きるわけがないさ」とトムは言った。「素人が一週間で釣りの名人になるつもりなんだから、遊んでる暇なんかないよ。もちろん、君は好きなところへ出かけて遊んでくればいい」

アミリアはため息を押し殺した。一人で遊びに行っても楽しくもなんともないということが、トムにはわからないのだろうか。だが現地に行けばトムの気持も変わるかもしれない。そう思って、アミリアは愛想よくうなずいた。

次の非番の日、彼女は自分の車でマンスルアボットの実家に帰った。父は竿《さお》、針、その他もろもろの釣り道具の手入れに余念がなく、話しかけられてもうわの空だった。そこでアミリアは午前中、バジャーと二人で父が旅行に持っていく衣類をそろえ、それがすむと今度は自分の支度をしに二階へ上がった。

窓の外は気持よく晴れ渡り、秋とは思えないほどの強い日差しが照りつけている。アミリアは窓辺の椅子に腰を下ろし、花壇で働くジョーブ老人の丸まった背中を見下ろした。老いた庭師は枯れたばらの花をたんねんに取り除いている。こうした日ごろの丹精のおかげで、クリスマスごろまで見事なばらを咲かすことができるというのが老人の自慢の種であり、それにけちをつける者など一人もいない。

しばらくしてアミリアは立ち上がり、クローゼットを開けて持っていく物を選び出した。寒さに備えて、まずコール天のスラックスを二本と厚手のセーターを数枚。フード付きのキルティングジャケット、防水ブーツ、手袋、スカーフは二枚。着飾る必要はないと父は言っていたが、多少は華やいだものも着たいと思い、ボレロとおそろいのプリーツスカート、それに合いそうなブラウスを二枚、そして深紅色のニットジャージーのドレスも一枚持っていくことにした。靴は外歩きにも使えるように、かかとの丈夫なものも一足あったほうがよさそうだ。

アミリアは選んだ服や靴をグッチのスーツケースに入れ、下着や夜着、ストッキングなどをすき間に詰め込んだ。出発は五日後だが、前日は勤務の関係で家に帰るのは夜遅くなる予定だし、当日は朝いちばんの便に乗ることになっている。早めに準備しておくのに越したことはない。スーツケースの口を閉めてクローゼットの隅に置き、彼女は父の様子を見に階下へ行った。

非番明けの日から、アミリアは猛烈な忙しさに追いまくられた。トムリジョーンズ医師もたまたま彼女と同じ日から休暇入りすることになっており、それまでの四日間はふだんの倍の手術をこなす決心をしてしまったからだ。手術室のスタッフは全員、神経がすり減ってなくなってしまいそうなほどの緊張の連続に見舞われた。ありがたいことに、初日に泣きべそをかいた新入りの看護学生は、その後の成長著しく、また、長らく病気で休んでいたノウルズ看護師も職場に復帰していた。

休暇前日の朝、アミリアは配下の看護師が一人も欠けずに顔をそろえていることに満足しながら、陽気に仕事を開始した。明日からはシビルが看護師長代理を務め、外科の婦人病棟からメアリー・シムズも応援に来てくれる。二人とも頼りになる有能な看護師だ。トムリジョーンズ医師は休暇に入り、残る四人の医師はいずれも温厚な人柄だから、スタッフものびのびと働ける。

アミリアはやがて準備室に入り、手術前の消毒にかかった。今日も手術予定が目白押しだ。特に午前中はトムリジョーンズ医師の執刀だから気骨が折れる。ため息をつきながら手の消毒を終えたアミリアに、看護師の一人が手術着を着せてひもを結んだ。

医局外科医のリーヴズ医師が準備室に入って消毒液に手をひたした。「おはよう、看護師長。明日から休暇だって？　トムが釣りの話をしていたよ」

「ええ、三週間たっぷり羽を伸ばしてくるつもりですわ。トムの休暇は一週間だけなんですが、一週間でも休暇がないよりはましですものね」

「ああ、トムも張り切っていたよ」リーヴズ医師は手術用の長いゴム手袋のボタンをかけている看護師長を横目で観察した。いい娘だ。有能で美人で金もあり、部下の看護師たちにも慕われている。難を言えば、少々クールすぎるところかな。いや、クールというより、内面を人に見せない性格と言うべきかもしれない。いずれにしても、あのトム・クラウチには少しもったいないような娘……。

トムリジョーンズ医師の不機嫌な大声が準備室にとどろき、リーヴズ医師の物思いを断ち切った。

「さあて、今日は指の骨がすり減るまで働くぞ。諸君もしっかり覚悟しておけ」

アミリアは手術室に入りかけていた足を止めて振り向いた。「おはようございます、先生。準備はすでに完了しておりますわ」

「本当だな？　たとえば、あのおっちょこちょいの若僧はどこをうろついている？」

「今日の当番実習医でしたら、手術室です」

「君は何を言われても動じないらしいな……おい、看護師長、何がおかしいんだ？」

「ご機嫌うるわしいご様子を拝見して、喜んでおりますの」

トムリジョーンズ医師は大声で笑い、消毒液に手を突っ込んだ。「口の悪い娘だ。俺の上機嫌はあと一分しか続かんから、今のうちに避難場所を探しておくことだな」

しかし、医師の上機嫌は奇跡的に長続きし、彼の嫌いな〝くだらん〟手術が二件続いたときでさえ、いつものかんしゃく玉は破裂しなかった。午前中の手術日程は、昼休みに大幅に食い込んでようやく終了し、トムリジョーンズ医師はいそいそと帰宅の途についた。アミリアは看護師長室でトースト一切れを紅茶で流し込んだだけで午後の勤務に就いたが、さして苦にはならなかった。

午後の手術は予定より早めに終了し、夕方の五時半、アミリアはシビルに引き継ぎを終えて看護師宿舎に戻った。途中でトムの研究室に寄り、最後の打ち合わせもすませた。トムは夜勤なので今夜アミリアは一人で実家に帰り、明朝ヒースロー空港で落ち合うことになっている。宿舎の食堂で紅茶を一杯だけ飲んでから彼女は自分の部屋に上がり、幸せな解放感にひたりながら帰り支度を始めた。

仕事ぬきでトムと一週間も一緒にいられるのは、交際が始まって以来初めてだ。一週間あれば、話もいろいろできる。婚約した当初は将来のことについてあれこれと話し合ったが、最近では職場を離れているときでさえ話題は仕事のほうに向いてしまいがちだ。この一週間のうちにトムを説得し、少しでも早く結婚生活を始められるよう努力してみよう。

アミリアはつい一週間前に買った青磁色のツイードのスーツを取り出し、着替えを始めた。服を買うのは当分やめようと決心したことなど彼女はすっかり忘れていた。プリーツスカートの上にカシミアのセーターを着込み、その上にスーツの上着を羽織れば少々の寒さは防げそうだ。ハンドバッグにはすでに旅行に必要な小物が詰めてある。靴をはき、最後にディオールの香水を軽くスプレーしてから、アミリアは病院の裏手にある職員駐車場に下りていった。

あたりには濃い夕闇《ゆうやみ》が垂れ込めていた。各病棟の窓には明かりがともっているものの、夜の病院はどこか荒涼として見える。アミリアは愛用のオースチン・ミニを半転させて病院にしばしの別れを告げ、ラッシュで込み合うロンドンの町に車を走らせた。

夜もとっぷりふけてから彼女はマンスルアボットにたどりつき、ボニーの作ってくれた夜食を客間のソファーで食べた。父は向かい側の大きな椅子に座り、ホテルの予約をすませたこと、釣り船の手配もついたことなどを得意そうに語って聞かせた。父の興奮ぶりはアミリアにも伝染した。期待に胸をはずませながら彼女はベッドに入り、翌朝、ラブラドル犬のフレッドが散歩に行きたいとせがんでほえ立てるまで、一度も目を覚まさなかった。

朝食もそこそこに二人は出発した。助手席にはバジャーも乗っていた。空港に着いたらバジャーがベントリーを運転して帰り、帰国の日には再び空港まで迎えに来てくれることになっている。後部座席に座ったアミリアはまだ眠い目を軽く閉じ、楽しい物思いにふけっていた。多少寒いが空は明るく澄み渡り、絶好のフライト日和だ。向こうへ行ったら車を借りてトムとドライブに出かけよう。釣り竿さえあれば、父はたとえ一日中一人にされても平気だろう。もしかしたら、一人のほうがいいのかもしれない。父とトムは相性が悪いというほどでもないが……。

アミリアは眉を寄せ、思いをもっと楽しいことに切り換えた。結婚式の日取りが決まったら新居を探し始めよう。家具もそろえよう。料理は正式に習ったほうがいいだろうか？　ボニーが教えてくれるかもしれない。一カ月の家計費はどのぐらいだろう？

トムは親子に遅れること五分でヒースロー空港にやって来た。彼はクロスビー氏と握手をかわし、続いてアミリアにも片手を差し出した。今しがたまで新婚生活の甘い夢にふけっていたアミリアにとって、握手と笑顔だけでは拍子抜けの感じだった。

ベルゲン行きの飛行機は定刻に青空の中へ飛び立

った。座席は半分程度しか埋まっておらず、混雑した乗り物の苦手なアミリアにはおおいにありがたかった。やがて大ブリテン島は視界の後ろに消え、眼下に青い海が広がった。いつの間にかトムはぐっすり眠っている。安らかな寝顔を見てアミリアはそっとほほ笑んだ。夜勤でろくに眠らないまま空港へ駆けつけたのだろう。

客室乗務員が乗客たちに軽い朝食の盆を配り、再び座席を回って空いた盆を回収し始めたころ、飛行機は早くも降下態勢に入った。眼下にはベルゲンの港の手前に横たわる無数の島々が見えるはずだったが、灰色の厚い雲が視界をさえぎっていた。そして一行が空港に降り立ったとき、ベルゲンの町は冷たい雨に煙っていた。今朝の晴天がうそのようだ。

「でも、平気よね？」税関に向かう人の列に加わりながら、アミリアはトムに言った。「平気よ。だって私たち、いよいよ休暇に入ったんですもの！」

2

ホテルの部屋に落ち着くやいなや、アミリアはベルゲン市内の探索に出かけると宣言した。一刻も早く目的地で竿《さお》を下ろすことしか頭にない父クロスビー氏が日程を決めたので、早くも明朝にはチャーター機で北へ飛ぶことになっている。できれば車か船でのんびりど旅を楽しみたいと思っていたアミリアにとっては、不満の残るスケジュールだ。せめて今日だけは有意義に使おうと彼女は決心していた。

「雨が降っているぞ」と父は反対した。

「アノラックがあるわ。それに釣り竿さえ握っていれば雨でも雪でもいっこう苦にしないのは、どこのどなたかしら？」アミリアは生意気な微笑を父に送り、トムを従えてドアに向かった。「夕食までには帰ってくるわ」

二人はホテル前の通りを歩いて市内で最も繁華なトールガルム街に入っていった。歩道の街路樹はほとんど葉を落とし、残ったわずかな葉も雨にたたかれてうら寂しげだ。しかし立ち並んだ商店に目を転じると、早くも訪れ始めた夕闇《ゆうやみ》をはね返すかのようなまばゆい照明が二人の心を慰めてくれた。

トムの腕につかまり、ショーウインドーの一つ一つをのぞき込みながら散策を楽しんでいたアミリアは、やがてぴたりと足を止めて言った。「ねえ、どこかでお茶を飲んでいきましょうよ」

二人は美しい公園に面した喫茶店に入った。ティーポットで運ばれてきた紅茶はふくよかな味と香りでアミリアを喜ばせた。その紅茶と一緒に二人はケーキも注文したが、出された巨大なクリームケーキを簡単に平らげてしまうアミリアを見て、トムは夕食前なのに大丈夫かと心配した。

「平気よ。私の胃袋は、そんなにひ弱にはできていないわ」すました顔でアミリアは答えた。

またしばらく散歩を楽しんでから二人はホテルに戻った。公約どおり夕食もきれいに平らげたアミリアは非常に満ち足りた気持でベッドに入った。父についてきてよかった、今までにないほど楽しい休暇になりそうだと彼女は確信していた。

翌朝、一行はチャーター機でアンデネに飛び、そこから車でストックマルクネに向かった。車窓に広がる景色の美しさ壮大さに、アミリアは声もなく見とれた。フィヨルドのへりにそそり立つ高い山々は早くも白い冠をいただき、緑はと言えば山すそのところどころに時おり目に触れる程度だ。その緑の一つ一つが、小さな集落を形成していた。

ノルウェー人の運転するハイヤーが島から島を走り抜けて目的のハッセロイヤ島へ近づくにつれ、アミリアの胸には島の北端にあるというストックマルクネへの期待が大きくふくらんでいった。

期待は裏切られなかった。小さな波止場を起点としてフィヨルド沿いに延々と細く連なる町並みは、思わず息をのみたくなるほどの愛らしいたたずまいだった。木造の家々は葉を赤やオレンジ色に染めた樺《かば》の木に囲まれ、島の南端の町メルブに通じる街道の両側にも樺の並木が続いている。

ハイヤーは波止場に近い木造の四角い建物の前で止まった。これが予約したホテルだと知らされて、アミリアは少し興のさめる思いがした。なんとなく殺風景で冷たい感じに見えた。だがホテルの中に足を踏み入れたとたん、小さな不安は吹き飛んでしまった。懐かしい家族を迎えるかのような明るく温かい雰囲気が部屋の隅々にまで広がっていたのだ。

支配人らしき男が笑顔で一行を歓迎した。「この時期は見えるお客様も少ないんですが」と支配人は流暢《りゅうちょう》な英語で言った。「釣り好きのお客様にはシーズンオフなど、あってないようなものでございますからね。お嬢様には近辺の美しい風景も楽しんでいただけるかと存じます。ソルトランやスヴォルヴエル方面へもバスが通じておりますし……」

フィヨルドをのぞむ寝室で荷物の整理をしながら、アミリアは満足のため息をついた。部屋の調度や備品類も簡素だが趣味のよい品ばかりだ。

身づくろいを終えて下のロビーへ行ってみると、父は支配人をつかまえて釣り船を借りる件で話し込んでいた。トムも一緒だ。船の手配はすでに終わり、いつでも使える状態だと支配人に聞かされ、父は満足そうなうめき声をもらした。

「明日の朝さっそく乗ってみよう」父はアミリアのほうを向いて言った。「君も来るんだろう？　トム」

「喜んでお供しますよ、ただし僕は船のことにあまり詳しくないんですが……」

「何、構わんよ。万事アミリアが心得ている」クロスビー氏は上機嫌で言った。「このぶんだと天気も二、三日は持ちそうだ。たまに降るとしても、小雨だな。雪の心配はない」

少し不安そうなトムの表情に気づいて、アミリアは言った。「私は釣りだけが目的で来たんじゃないのよ、お父さん。トムと二人であちこち歩き回ってもいいでしょう？　二、三日もすればお父さんは同じ釣りマニアの仲間を見つけるに決まっているんだもの。それにトムが帰った後は、私も毎日お父さんに付き合ってあげるわよ」

アミリアはポットの紅茶をみんなのカップに注ぎながら言ったが、父からは気のない曖昧《あいまい》な返事しか返ってこなかった。父の心は、早くも明日からの釣りの作戦計画に飛んでいるらしかった。

夕食までの時間を利用してアミリアとトムは外に出た。街道沿いに点在する家や小さな商店の一軒一軒を眺めながら町はずれまで歩き、足もとに気を配りながらフィヨルドのへりへも行ってみた。

「こういう土地に住むのも悪くないわ」夕もやに煙る静かな町並みを見つめてアミリアは言った。「静かだし、平和だし……」

「ただし、少々静かすぎるとも言える」とトムが口を入れた。「夜になっても、遊びに行く場所もなさそうだ」

「どこへも行かなくていいわ。刺繍《ししゅう》を習って、ベルゲンのお店にあったような壁掛けを作るの。編み物もしようかしら」

トムは笑い飛ばした。「高級レストランも映画館も劇場もなくって平気だって言うのかい？　まさか。君は一日か二日で退屈してしまうよ」

「退屈なんかしないわよ」アミリアはトムに対して突然いらだちのようなものを感じた。「こんなにすばらしい自然を目の前にして、どうして退屈なんかできるって言うの？　私、この土地が好きよ！」

トムはアミリアの腕を取ってホテルへの道を引き返しながら、なだめるように言った。「僕だって好きだよ。明日は晴れるといいねえ」

翌朝は願ってもない上天気だった。三人は朝食もそこそこに波止場へ向かったが、クロスビー氏にはそれでもまだ遅いぐらいだった。逆にアミリアは、ずらりと並んだヴァイキング方式の料理のうち半分程度しか味見ができなかったことが残念でならなかった。明朝はもっと早く起きて全部の料理の味を見るわ、と彼女は連れの二人に宣言した。

午後には風が出るという予報だったが、アミリアは平気だった。下はスラックスと防水ブーツで武装しているし、上半身には黄色のアノラック、頭には毛糸の帽子をすっぽりとかぶり、厚い手袋まではめているのだから、少々の雨や風は、むしろおもしろいぐらいだ――そんな意気込んだ気持だった。

船外モーターが始動して船が波止場を離れると、父は舵《かじ》をトムに任せて竿や仕掛けの点検を始めた。今日は、ほんの試しに竿を入れるだけだと父は言った。「魚がいるかどうか調べながら、ソルトランの付近まで北上してみよう」

調べるまでもなく、魚はふんだんにいることがすぐにわかった。トムは小さな操縦室の中にアミリア一人を残して、父のところへ行ってしまった。やがて船はエンジンを止めて碇《いかり》を下ろし、男たちは本格的に釣りを始めた。ます、にしん、ひらめ、さけ……が続々とリールで引き揚げられ、そのたびに小さな船は三人の歓声で揺れた。

正午を回ると、アミリアは船室でスープとコーヒーをわかして男たちに昼食を運び、午前中の成果や今後の作戦を夢中で話し合っている二人の会話に耳を傾けながら船上の食事を楽しんだ。

午後二時を過ぎると雲行きが怪しくなり、予報どおり風が出てきた。やがて小雨もぱらつき始めたので一行は碇を上げ、逆風を突いてストックマルクネの波止場をめざした。舵はご満悦のクロスビー氏が取り、若い二人は甲板に並んで、急速に暮れていく島影の中にストックマルクネの町の灯がしだいに近くなるのを見守っていた。

ホテルへ帰った三人はすばらしい食欲で夕食を平らげ、早めにそれぞれの寝室へ引き揚げた。明朝アミリアは釣りの前に、トムと二人で早朝の散歩を楽しむことになっていた。夕食のときホテルの支配人が、町の裏山を少し上ったところにフィヨルド見物に格好の場所があると言って道順を教えてくれたからだ。父は父でさけの穴場に詳しい地元の老人の名前を教えてもらい、明日は朝いちばんに会いに行くのを楽しみにしていた。

翌朝は厚い雲の間から薄日のさす冬めいた天気だったが、若い二人は元気にホテルを出た。街道を山側に折れ、斜面に張り付くように建っている家々を見ながら岩だらけの道を上っていくと、やがて人家はまばらになり、足もとも踏み分け道程度の小道に変わった。急な坂を上りつめた小さな高台が支配人に教えられた場所だった。

二人は息をはずませながら足を止め、眼下の壮大な景色に感嘆の声を上げた。アミリアは持ってきた双眼鏡をフルに活用して、美しい風景を心ゆくまで観賞した。澄みきった冷たい空気が頬を打つのも快かった。「雪でもちらつきそうな天気ねえ」

「いくらなんでも、雪にはまだ早いよ。もっとも今朝の冷え込みはちょっとしたものだ」と言ってトムはほほ笑んだ。「十月の初めにこんな気温だなんて、病院の連中には想像もつかないだろうね」

「ねえ、トム、新婚旅行の場所もここに決めましょうよ」衝動的に言ったアミリアは、気乗り薄なトムの顔を見てがっかりした。

「あれこれ計画を立てるのは少し早すぎるんじゃないかい？」

「そうね。私も冗談で言ったのよ」アミリアは表情のない声で答えた。「そろそろ帰りましょうか。父が待ちくたびれるといけないから」

帰り道、アミリアは少し反省して努めて陽気に振る舞った。トムが具体的な結婚の話を避けたがっていることを忘れてはいけない。自分だけ先走りして事を急いでは、トムを不愉快にさせるだけだろう。

父はホテル近くの道端にいた。石垣にもたれて座り、フィヨルドを眺めながら誰かと話し込んでいる。近づいてくる娘を見てクロスビー氏が立ち上がると、連れの男も立ち上がった。筋骨たくましい感じの長身の男だ。髪はこげ茶色、顔立ちは非常にハンサム。そして、ぶしつけにアミリアを眺め回している目は、海の色にも似たブルーだった。

アミリアの容姿を採点しているような男の視線に、彼女はたちまち反感を覚えた。顎をつんと上げて自分の小さな鼻の先を見下ろすと、ブーツの中にたくしこまれたコーデュロイのズボンと、防水加工をしたフィッシャーマンジャケットが目に飛び込んできた。ここにも釣りに取りつかれた男が一人！〝類は友を呼ぶ〟とはよく言ったものだわ、とアミリアは胸中ひそかに舌打ちした。それにしても、この男、どうも虫が好かない。

クロスビー氏は満面の笑顔でアミリアとトムを迎えた。「やあ、お帰り。お前たちがぶらぶらしている間に、すばらしい同好の士が見つかったよ。こちらはオランダからお越しのファンデルトルク博士だ。こっちが娘のアミリアと、婚約者のトム・クラウチ……トムも博士の称号を持っておるんですよ」

握手をかわしながらこのオランダ人と視線を合わせたとき、ふと奇妙な胸騒ぎがアミリアを襲った――見知らぬ世界に足を踏み入れ、二度と後戻りできなくなってしまったような……。今この瞬間、地上には澄んだ青い目のオランダ人と自分の二人きりしか存在しないような……。わけもない恐怖に駆られて、彼女は婚約者の袖を強く引っ張った。驚いたトムの顔が振り向く。そうよ、ここにはトムがいるじゃないの！

オランダ人が軽くほほ笑んだ。アミリアは自分が笑われているような気がして唇をかんだ。相変わらず上機嫌でクロスビー氏が言った。

「ファンデルトルク博士は昨夜お着きになったんだ。我々と同宿で、やはり釣り船を借りておられるそうだよ。今日は船を連ねていくことになった。ラフトスンという狭い海峡がたらの宝庫だとおっしゃるんだ」取れすぎると始末に困ると言う娘の苦情を彼は無造作に退けた。「ホテルの調理場にくれてやればいいさ。さて、ぼつぼつ行動開始とするか」

横目でオランダ人を盗み見たアミリアは、自分がまだ彼の視線を浴びていたことを知り、急いで目をそらした。「じゃあ、お父さん、私たちはホテルでお弁当を受け取ってくるわ。行きましょう、トム」

「ああ、そうしておくれ」と父は言った。「ついでに、ファンデルトルク博士の分も受け取ってきなさい。サンドイッチを注文してあるそうだから」

「いえ、どうせ後でホテルに帰る用事がありますので」深みのある穏やかな声で言うと、ファンデルトルク博士はアミリアの父に笑顔で向き直った。「それより、ご自慢の竿を見せていただけるお約束でしょう？　今から波止場へ行こうではありませんか」

ホテルへ向かって急ぎながら、アミリアは小声でトムの耳にささやいた。「あのオランダ人、ずっと私たちにつきまとうつもりなんだわ！」

「あの様子だと、先に声をかけたのはお父さんのほうだろうね。誘われれば、誰だって断りにくいよ」

「そうかしら？　断ろうと思ったら、どんな口実だって見つけられるはずよ。断ればいいのに！」

トムは驚いたように婚約者の顔をのぞき込んだ。

「どうしたんだい？　あの男のことを毛嫌いしているみたいに聞こえるよ」

「そのとおり、大嫌いだわ」アミリアはホテルのドアを力まかせに開けて中に飛び込んだ。

ファンデルトルク博士のほうでも同意見だったと見え、婚約者たちが波止場で待つ父と合流したときにも、アミリアに対しては極端に口数が少なかった。たまに視線が合うと彼は礼儀正しい微笑を送ってきたが、それもアミリアにとっては、いんぎん無礼としか映らなかった。

やがて彼は、すぐに船で追いかけるからと言い残してホテルに戻った。クロスビー氏が船を出してから約十分後、博士は言葉どおり追い付いた。大漁が望めそうな場所の選定について熱心なやりとりをかわしながら二隻の船はラフトスンめざして進み、やがてそれぞれに碇を下ろした。

たちまち釣りに没頭し始めた男たちの傍らで、アミリアは一人、空模様を気にしていた。朝はかすかに顔を出していた太陽も今は厚い雲にすっかり隠れて、島も海も灰色に沈んで寒々として見える。彼女はコーヒーをわかし、父とトムにマグを渡すと自分は船室に戻ってわずかの暖を取った。もう一隻の船の船長は一人で魔法瓶を傾けていたが、彼が釣りの楽しさを満喫していることは遠目にも明らかだった。

時間とともに雲はますます厚くなり、午後三時ごろには小雨まじりの冷たい風も吹き始めた。さすがのクロスビー氏も雨がこれ以上強くならないうちに陸へ戻るべきだと判断し、海に未練を残しながらも碇を上げた。しかし今日も十分の漁があり、彼は舵を娘に託してトムと、獲物の仕分けにいそしんだ。

アミリアは連れの船が碇も上げないでいるうちにさっさと出発したが、エンジンの差か船長の腕の差か、入港したのは相手がとっくに接岸して係留を終えた後だった。無言で係留綱を結んでくれた博士に、アミリアは少々つっけんどんな〝ありがとう〟を言った。博士は意味不明のつぶやきを返し、すぐに背中を向けてしまった。今日の戦果を得々と披露し合っている男三人を残して、アミリアはホテルに帰り、部屋に閉じこもった。

いくら気に入らないと思っても、ファンデルトルク博士を避けて過ごすのは不可能だと彼女は思った。ホテルには今、ほかに二組の滞在客しかいない。一組は二人連れのビジネス客。もう一組は、どこか沈んだ雰囲気の家族連れで、支配人の話だと、島の親類に不幸があって本土から駆け付けた一家だという。

着替えを終えたアミリアは、バーで父やトムとシェリー酒のグラスを傾けたが、取りとめのない雑談に花を咲かせている間も視線は絶えずバーのドアを意識し続けていた。あのオランダ人は入ってくるやいなや、誘われもしないのに話の仲間に割り込んでくることだろう。

だがアミリアの予測は見事にはずれた。やがてバーに姿を見せたファンデルトルク博士は三人のほうに向かって愛想よく会釈した後、ノルウェー人のビジネス客たちの席に腰を落ち着けた。彼がノルウェー語を知っているのか、それとも相手の二人がオランダ語を話せるのか、アミリアには識別しかねたが、三人の話がおおいにはずんでいることは確かだった。そしてそのことが、なぜかしら彼女にはおもしろくなかった。

夕食のとき、博士は連れと別れて一人でテーブルに着いた。不思議なことにクロスビー氏は同席を勧めなかった。理由はすぐにわかった。「トムから聞いたよ、アミリア。お前、あの男を嫌っているそうだな？」本来なら、感謝すべきだと知りつつも、アミリアはトムに恨みがましい目を向けてしまった。

翌日の朝食前、アミリアは隣のランゴイヤ島に渡る橋を見に行こうと思い立って、一人でホテルを出た。橋はホテルからでもよく見えるので、すぐに行き着けると思ったのが間違いらしかった。さんざん歩いてついに町はずれまで来ても、橋はまだかなりの遠方にあった。がっかりしながら彼女は回れ右をし、もと来た道を引き返し始めた。

とぼとぼと歩いて、まだいくらにもならないとき、後ろから来たスウェーデン製の乗用車が一台、彼女を追い抜いて止まった。運転席から外を振り向いたのはファンデルトルク博士だった。アミリアが儀礼的に朝の挨拶《あいさつ》をすると、彼は助手席のドアを開けて言った。「ホテルへ帰るんだったら、乗らない？」

べつに、無理して乗ってもらわなくてもいいんだよ、と言いたげな無造作な口調だった。でも、だまされないわよ、とアミリアは思った。辞退しようものなら、必ず理由を問いただしてくるに決まっている。そういう男だ。

「ありがとうございます」とつぶやいて彼女が車に乗り込むと、博士はドアを中から閉めて無言で運転を続けた。話の糸口を見つけられないまま、アミリアは上目づかいにドライバーの横顔を盗み見た。つまらない言葉だが、〝謎《なぞ》めいた〟という以外に彼の表情を言い表す言葉が見つからなかった。

それにしても、なんとすがすがしいハンサムな横顔だろう。お互いに虫が好かないのは残念としか言いようがない。でも、平気よ、私にはトムがいるんだから……。そう思うと急に気が楽になり、ホテルの前で車を降りたときには、さほど苦労せずににこやかな顔を作ることができた。

「乗せていただいて助かりましたわ」アミリアは陽気に言った。「また、すぐ後でお目にかかれますわよね？」

「もちろんですよ」と博士は笑顔でうなずいたが、

その笑顔がまたもやアミリアの心の平和をかき乱した。こちらがせっかく休戦協定を結ぼうとしているのに、人を見下したようなこの態度！　いいわ、それなら私にも考えがあるんだから。

ひそかな決意を秘めて彼女は朝食のテーブルに着き、今日は釣りをやめてバスでランゴイヤ島のソルトランへ行こうとトムに持ちかけた。話の最中にファンデルトルク博士がテーブルに近づくと、父はアミリアが目くばせで制止するのを無視して声をかけ、釣りの相手をしてほしいと申し出た。

「アミリアがソルトランへ行きたいと言って聞かんのだ。もちろんトムも娘と行きたいだろうし……」

「行ってくればいい」博士は即座に言った。目障りな娘を厄介払いできて喜んでいるのだろうかとアミリアは思った。「僕のレンタカーを提供しましょう。フィヨルド沿いのドライブは快適だから。ついでに、もう一つ先のヒンネイ島へ渡って、ハルスターへ行ってみれば？　有名な軍事基地の町で、大きな商店街もありますよ」最後はアミリアに視線を投げながら博士は言った。

一度は乗り気になりかけていたアミリアだったが、その視線でたちまち気が変わってしまった。「せっかくのご好意ですけれど……」

「喜んでお受けしよう」婚約者をさえぎってトムが言った。「今日のようなドライブ日和がいつまで続くかわからないし、僕は、あと三日したら帰らなきゃいけないんだよ、アミリア」

「ええ。でも……。お父さん、どう思う？」

助け船を求めるつもりでアミリアは言ったが、父は少しも協力してくれなかった。「行っておいで。トムの言うとおりだよ」

「でも、一人で船の操縦と釣りの両方をするのは大変よ。お父さんには無理だわ」

「だから博士を誘ったんだよ。博士、今日は私の船に乗ってもらえるね？　二人でおおいに腕を競い合おうじゃないか。お前たちも二人きりで存分に楽しんでおいで、アミリア」

だが、日もとっぷり暮れてからホテルに帰り着いたアミリアは、一日を存分に楽しんだとはとうてい言いがたい気分だった。疲れた体を浴槽に沈めながら、いったい、どこで、どう歯車が食い違ってしまったのだろうと彼女は思った。

滑り出しは快調だった。例の橋を渡ってフィヨルドを眼下に見ながらのドライブは、博士の言葉どおり快適そのものだった。ソルトランに着いてコーヒーを飲みながら一服し、少し散歩を楽しんだ二人は、やはりハルスターへ足を伸ばそうと決めた。ソルトランから橋を通ってヒンネイ島に渡り、島内を走り抜けている間も気分は最高だった。だが、同じ島内にありながら、ハルスターへ行くにはもう一度、海をフェリーで渡る以外になく、目的地に着いたのは予定よりかなり遅い時刻だった。

雨も降り始めていたが、遅めの昼食を取って元気を回復した二人は、美しい商店街をまたぶらぶらと散策した。大きな書店を見つけて何気なく足を踏み入れたのが間違いだったのかもしれない。退屈しのぎの本を二冊と、何か記念品をと思ってアミリアが便箋やペンを選んでいるうちに、いつの間にか時間がたっていた。何も買わずに辛抱強く待っていたトムが、そろそろ帰ったほうがよさそうだと切り出したのは午後三時だった。

雨は降りやまず、来るときに目を楽しませてくれた高い山の頂も、帰りにはすっかり灰色の雲の中に隠れてしまっていた。ソルトランで一服するのをあきらめて、濃い夕闇の中をストックマルクネへひた走るうちに、アミリアはしだいに不機嫌になった。

結局、一日を棒に振ったのだろうか。せっかく二人きりになれたというのに、結婚や将来のことは、まだ口の端にも上っていない。今から切り出してみようか。だが、どう見てもトムは、ロマンチックな気分とはほど遠い雰囲気だった。雨の降る夜道の運転に神経をとがらし、横から話しかけられることさえ煩わしいといった表情だ。

ホテルにたどり着いたのは午後六時だった。二人は口もきかずに中に入った。真っ先に目に入ったのは、ロビーのソファーにゆったりと腰を下ろして、グラスを片手にオランダの新聞を広げているファンデルトルク博士だった。二人を見て博士は立ち上がり、小旅行の成果をたずねた。

「……そうか、雨に降られたのは残念だったね。気分直しに、軽く一杯おごらせてもらえるだろうか」

「喜んで」と言ったのはトムだった。アミリアは一杯の紅茶以外、今は何もほしくないと言い切った。

「まだ紅茶も飲まずに？」気の毒そうに言って博士は調理場へつながる呼び鈴を押した。「てっきり、ソルトランで休憩してきたものとばかり……」

「ハルスターを出たのが遅かったものですから」アミリアは冷たい声で説明し、呼び鈴でやって来たウエイトレスには紅茶を部屋に運んでほしいと言いつけて、さっさと寝室に上がった。

だが、紅茶と入浴で気分はかなり落ち着いた。夕食の着替えを終えて階下のバーに行ったアミリアは、先に来ていたトムの腕に手をかけて静かに言った。

「さっきは少しつんけんしてて、ごめんなさい。せっかくの一日が台無しになったような気がしたものだから……みんな、あの雨が悪いのよ」

トムは穏やかな声で慰めの言葉を口にしてから彼女のために飲み物を注文し、少し体を遠ざけた。人前を気にするトムの性格を、遅ればせながら思い出したアミリアは急いで手を放し、カウンターの椅子に座ってトムやバーテン相手にたわいない雑談を始めた。少し遅れて父とファンデルトルク博士もバーに入ってきた。二人は文字どおり最高の一日を過ごしたらしく、昼間に続いて夜の部でもおおいに楽しもうと張り切っていた。

意外なことに、アミリアにとっても非常に楽しい夜になった。父は当然のことのように博士を夕食の席に誘ったが、クロスビー家の団らんに邪魔者が入り込んだという感じは全くなかった。むしろ、話し上手、聞き上手の博士のおかげで、いつもより会話がはずんだほどだった。ファンデルトルク博士は特に相手から話を引き出す才にたけているらしく、いつの間にかアミリアは自分の生い立ちや職場のことについて、あらかたしゃべってしまった。

トムとの将来計画についてまでもしゃべろうとしている自分に気づいて彼女は急いで口をつぐみ、逆襲に転じた。「奥様はいらっしゃいますの？」

「いや、まだ独身です。明日は君も釣りに参加するの？」博士は平然と話題をそらしてしまった。

その場では無礼な質問をした自分を恥じたアミリアだったが、いつもより遅い時間に寝室に引き上げてベッドに入ると、それまでの楽しい気分は消え、逆に悔しさがこみ上げた。無礼なのは、あの男のほうだ。人にさんざんしゃべらせておいて、自分のことについてはほとんど口を割ろうとしない。もっとも、彼のことなんか知りたくもないけれど。

次の二日間、クロスビー氏とファンデルトルク博士の親交は深まる一方だったが、アミリアは父の新しい友人との接触を可能なかぎり避けて過ごした。彼女にとって残念なことに、トムの休暇は終わろうとしている。朝食後、久しぶりで二人きりになった機会に、アミリアは切り出してみた。

「明日、私も一緒にロンドンへ帰ろうかしら？」

「帰って、どうするんだい？」目を丸くしてトムはたずねた。「だいいち、君が帰ってしまったら、お父さんが寂しがるよ」

「それはそうだけれど……でも、父にはファンデルトルク博士という格好のお友だちがいるわ」

トムは首を左右に振った。「博士はさけを追って、もっと北の釣り場へ移動すると言っていたよ」

アミリアは喜んだ。少なくとも、自分では喜んだつもりだった。「じゃあ、私が残ってやらないと父がかわいそうよね」退屈ではないかと気遣ってくれたトムに、彼女は笑顔でかぶりを振ってみせた。

「大丈夫よ。それより、トム、あなたこそ……寂しくない？」押しつけがましく聞こえないようにと気を配りながらアミリアはたずねたが、トムの返事は彼女のひそかな期待を空振りに終わらせた。

「たまった仕事を片づけるのに大忙しだと思うよ。それに週末にはオーストラリアから例の医師団が来るだろう？　彼らと一緒に仕事をするのを僕は楽しみにしているんだ。聞いた話だと、希望者には職を提供してくれるらしい」彼はちらりと婚約者の顔を見た。「オーストラリアっていう国のこと、君はどう思う？」

「私？　私はべつに興味がないから……。トム！まさかオーストラリアへ行こうなんて本気で考えてるんじゃないでしょうね？」

「本気じゃいけないかい？　いい話だと思うんだが、この件は君が病院に戻ってからゆっくり話そう」

「どうして今じゃいけないの？」

「時間はたっぷりあるさ」悠然としてトムは言った。

お互いに知り合って以来初めて、アミリアは本気でトムとけんかを始めたくなった。「時間はないのよ、トム。あなたは三十歳だし私は二十七。おまけに将来のことはまだ何一つ……」

「あせることはないよ。前々から言ってるとおり、ここぞと思う職場が見つかるまでは具体的な計画なんて立てられっこないんだからね。お互い仕事に追われていれば、一年や二年、あっという間だよ」

「そうよ、あっという間に私は三十になってしまうわ」もどかしさに歯がみしたい思いでアミリアは先を続けようとしたが、釣りの身支度を終えてロビーに下りてきた父を見て、しかたなく口をつぐんだ。

　クロスビー氏は今朝も上機嫌だった。「冷えるなあ。熱いコーヒーで体を暖めてから出かけようじゃないか。今日はランゲイ島の橋の向こうに行くぞ。あのあたりにたらの魚群が固まっているそうだ」

　ファンデルトルク博士も下りてきて三人に加わり、全員がコーヒーを飲み終えたところで一行は波止場に出た。今日もクロスビー氏の借り船にみんなで乗ることになっていた。確かに冷え込みは厳しく、アミリアは灰色の空を見上げてため息をついた。せめて、わずかな青空だけでも顔を見せてくれたら……。

　その願いが天に通じたのか、出港すると間もなく雲は切れ、光は弱いながらも明るい太陽が顔を出した。山すその紅葉や山頂の雪の冠が、日差しの中でまぶしく照り映え、おとぎの世界のように愛らしく美しく見える。

　水は冷たかったが三人の男たちは釣りの興奮に熱く燃えていた。アミリアが運ぶ食事や飲み物を受け取るのもうわの空といった感じだ。ひょっとすると、船に三人以外の人間が乗っていることさえ忘れているのではないだろうかと彼女は思った。

　しかし完全に忘れていたわけでもないと見え、日が傾き始めたころアミリアが船室の小さな流しで洗い物をしていると、ファンデルトルク博士がドアを開けて中をのぞき込んだ。「やあ、元気？　ぼつぼつ引き揚げることにしたよ。日没も近づいたし、それに少し寒くなりかけているようだからね」

　何時間も前から寒くてたまらないのに、と言いたいのを我慢してアミリアは礼儀正しく返事を返した。

　トムにとっては最後の夜ということもあって、その日の夕食は盛大だった。釣り上げたばかりのたらをはじめ、豪華な料理が食卓に上った。食後は博士のおごりでワインがふるまわれ、食前のシェリー酒と相まってアミリアの体を心地よく暖めてくれた。

トムは明日ファンデルトルク博士に送られてアンデネ空港に行き、朝の第一便に乗る予定だった。

朝早くホテルをたつ二人のために、その晩はいつもより早めのお開きとなり、アミリアは少し事務的な口調でトムに〝おやすみなさい〟を言った。べつの言い方をしたくても、ファンデルトルク博士がそばにいては、またもやトムに迷惑そうな顔をされるのが関の山だ。このオランダ人は明朝の出発のときも、別れを惜しむ婚約者たちの横に無神経な顔で居座り続けるに違いないとアミリアは確信していた。

予想に反して、彼女はトムと短いながらも二人だけの時間を持つことができた。早朝の食事を終えてトムとコーヒーを飲んでいた博士は、アミリアがロビーに下りていくやいなや席を立ち、車を見てくると言い残して外に出た。

「楽しい一週間だったわ」トムの顔を見つめてアミリアは静かに言った。

「まったくだ。釣りがこれほど楽しいものだなんて、初めて知ったよ……もちろん、君がいたから楽しさも倍増したんだろうが」トムは早口で言い添えた。

「残りの二週間も、あなたと過ごしたかったわ」

「ま、しかたがないさ。乗り遅れるといけないからぼつぼつ出かけるよ」トムは立ち上がってジャケットを着込み、左右を見回した。誰もいないことが確認できたはずなのに、彼のキスはつれないとさえ思えるほど簡単なものだった。

「ねえ、トム、私は……」婚約者の顔に浮かんだ当惑の表情に気づいて、アミリアは無理に明るい笑顔を作った。「大丈夫よ。私、泣いたりしないわ」

トムはほっとしたように顔をほころばし、アミリアの笑顔に送られてホテルの外へと出ていった。

3

クロスビー氏がロビーに下りていったとき、アミリアは一人ソファーに座ってうなだれていた。そんな娘の姿を一目見るなり、クロスビー氏は天気が変わらないうちに出かけようと陽気に宣言し、釣り道具を取りにあたふたと二階へ逆戻りした。再び下りてきた彼は、娘の快活な笑顔に迎えられてほっとしたように言った。

「今日は少し早めに切り上げて帰ってこよう。今夜はここでダンスパーティーがあるそうだ。お前、ダンスは好きだろう?」

「ええ。でも相手がいないわ」アミリアは努めて明るく言った。「お父さんはダンスが嫌いだし、トムは帰ってしまったし」

「たぶんギデオンがお前をダンスに誘うだろうよ」

父はファンデルトルク博士を、すでにファーストネームのギデオンで呼ぶようになっていた。

父の推測は当たった。トムを送ってから一人で釣りに行ったファンデルトルク博士は、夕方、やはり釣りからもどったクロスビー親子と合流して夕食を取っているときに、アミリアをダンスに誘った。彼女は早く休みたいからと言って即座に断ったが、その拒絶があまりにもあっさりと受け入れられたので、逆に落ち着かなくなった。ファンデルトルク博士は最初から拒絶されることを見込んで、単に礼儀として誘ったのではないかという気もした。

しばらくして、アミリアは男二人の話に割り込んで言った。「やはりダンスがしたくなったわ。せっかくのお誘いだし、受けさせていただこうかしら」

「大歓迎だよ」という博士の返事は、アミリアの耳に心なしか力なく聞こえた。きっとダンスに自信がないのだろうと思うと、彼女はひそかに溜飲《りゅういん》が下がった。そして今夜こそ、ファンデルトルク博士なるオランダ人の素性を、洗いざらい聞き出してやろうと心に誓った。

どんな学問を専攻し、どこでどういう仕事をしているのか、家族は、住まいは……？ 知り合って数日になるというのに、彼が〝博士〟の称号を持っているという以外、皆目わかっていないのだ。

しかし、結局アミリアは何一つ聞き出すことができなかった。周到に準備した質問は片端からやすやすといなされてしまい、わかったことと言えば意外にも、そして腹の立つことに、彼がダンスの名手だという事実だった。踊り続けるうちに、彼女はいつかしらダンスを楽しんでいる自分に気づいた。

ステップを踏みながら、アミリアは歓声を上げた。

「こんなに楽しいダンスパーティーなんて、何年ぶりかしら」

彼女の紅潮した頬と輝く瞳をパートナーの青い目が静かに見つめた。「トムがいればもっと楽しかったのに、残念だろう？」

「ええ、すごく残念です」冷水を浴びせられたような気持をはね返して、アミリアは挑戦的に言った。「今夜は、ありがとうございました。少し疲れたので、お先に休ませていただくわ」

「こんなに早く？」

ふと壁の時計を見たアミリアは、少なからず驚いた。二人で二時間も踊っていたらしい。「まあ、私ったら時間のたつのも忘れて……」すっかり楽しんでいたと言いそうになって、アミリアは急いで口をつぐんだ。好きでもない男の相手をして、楽しいはずがない。彼女は適当な別れの言葉をつぶやいて、そそくさと自分の部屋に引き揚げた。

ベッドにもぐり込んだときアミリアは、あのオランダ人の身元がまだ深い謎《なぞ》に包まれたままだということに気づいた。そうだ、明日の朝、彼に会う前に父から聞き出してみよう。あれだけ親しそうにしているのだから、父なら何か知っているにちがいない。

だが、朝食の席で顔を合わせるなり、父は待ちかねたように自分の話を切り出した。「すばらしい話なんだ、アミリア。ギデオンがアルタ川に行こうと誘ってくれた。船も予約してあるそうだ。アルタ川と言えば世界で指折りの釣り場なんだぞ。そこへ行けるとは、夢のような話だ。信じられん」

「アルタ川って、どこにあるの？」

「ずっと北だ。ギデオンの車で行っても二日がかりになるだろうが、アルタには空港があるから、帰りの足は心配しなくていい」父の相好は、さっきから崩れっぱなしだ。「さけの宝庫なんだ。とにかく、アルタ川と言えば、お前……」

「私たち、本当に招待されてるの？」

「おい、お前は今まで何を聞いて……。ほら、当人が来たぞ。おはよう、ギデオン。この娘に君の口から説明してやってくれ。うれしすぎて、招待を本気にできんらしいのだ」彼は娘に向かってにやりとした。「ギデオンにコーヒーを給仕しておあげ」

博士はアミリアの正面の席に座り、二人におはようを言ってコーヒーカップを取り上げた。「本気だよ。もちろん君も来てくれるだろう？　でないとお父さんもお寂しいだろうし……もちろん、僕も」

アミリアは、またもや博士にからかわれているような気持になった。すばらしい釣り場へ行くのに、男二人が釣り以外のことで寂しがるはずがない。意地を張って残れば、寂しい思いをするのは誰かを承知で皮肉っているに違いない。

「アルタには、りっぱなホテルもあるよ」博士の穏やかな声がアミリアの決心を固めさせた。

「じゃあ……お言葉に甘えて連れていっていただき

ますわ。出発は、いつですの、博士？」

「ギデオンと呼んでくれよ、アミリア。出発は、明日の朝でどう？　ナルヴィクからE６高速道を走って、その日のうちになるべく北まで行こう。一泊して翌朝早く出発すれば、まずまずの時間にアルタに着けるはずだ。アルタは都会というほどの町じゃないが、さっきも言ったように、ちゃんとしたホテルが一軒ある。朝食をすませたらホテルに電話して予約を取っておくよ」

彼は最初からアルタへ移動する予定で計画を組み、オランダで十分な下調べをしてきたのだとアミリアは悟った。父ももちろんアルタ川がノルウェーでも一、二を争う釣り場だということは知っていたが、入漁料が高すぎるので今回は我慢するしかないとこぼしていたものだ。決して懐の寂しくはない父が言うのだから、よほど法外な値段なのだろう。その父は今、どこから見ても幸せいっぱいの顔で釣りの作戦を話し合っている。アミリアはようやく気を取り直し、進んで男たちの会話に加わった。

三人は翌朝、早めの朝食を終えるとすぐさま出発した。もろもろの釣り道具は荷物入れに収まりきらず、アミリアの座る後部座席にまで詰め込まれた。

雨に降られることもなく、博士の借りたスウェーデン製の車は快調に走り続けた。ヘアピンカーブや道幅の狭い難所も軽々と高速で走り抜ける運転技術は、悔しいことにトムより数段上だということを、アミリアも認めざるを得なかった。

ハルスターでコーヒーを一杯だけ飲んだ後、三人はまた車を飛ばして本土に渡り、いつもの昼食よりかなり遅い時間にナルヴィクのグランドホテルに入った。せめて一時間か二時間でもナルヴィクの町を見物していきたいとアミリアは思ったが、先を急ぐことしか頭にないらしい男たちに促され、町に心を残しながらも再び車に乗り込んだ。そこで初めて今日の最終目的地がトロムセだと聞かされ、アミリアは驚いた。

「そんな遠くまで、今日のうちに？」

「ナルヴィクからトロムセまではバスなら一日がかりだが、我々にはバス停で止まる必要もないことだし、なんとか着けるだろう」と博士は言い切った。

日もとっぷりと暮れた時間ではあったが、確かに三人はトロムセのホテルに落ち着くことができた。

夕食の前、博士が席をはずしたときにクロスビー氏が耳打ちした。「トロムセは我々のコースから少しはずれているんだよ。ギデオンは、お前を施設の整ったホテルで休ませようと思って、わざわざ遠回りをしてくれたんだ」

アミリアには意外な話だった。「まあ……知らなかったわ。遠回りしてしまって、明日中にアルタへ着けるのかしら」

「大丈夫だろうよ」と言って父は笑った。「せっかくの好意なんだから、今夜はぐっすり眠るがいい。今日は強行軍で疲れたろう？　もっとも天気がなんとか持ってくれて幸運だったな。それに、ギデオンの運転技術もたいしたものだ」

やがて戻ってきた博士と一緒に親子は夕食を取り、食後もコーヒーを囲んで楽しく語り合った。明朝の出発に備えて早めに部屋へ引き揚げるのが、アミリアには少々残念なぐらいだった。好きなタイプではないが、ギデオンが非常に楽しい話し相手だということは事実だった。

ベッドの中で二秒ほどトムの顔を思い出してから、アミリアは深い眠りに落ちた。その日トムのことを考えたのは、その一度きりだった。

翌朝の出発も早かった。シャッターを閉じたままの銀細工の店や毛皮店に、アミリアは恨みのこもった視線を車の中から投げた。「せっかくノルウェーに来て、釣り以外のことが何もできないなんて！」

返事をしたのはギデオンだった。「アルタ―トロムセ間の飛行機を利用すれば、ここまで日帰りのショッピング旅行を楽しむこともできるよ」

トロムセからフェリーを乗りついで着いたオルデルダーレンという町で、一行は短いコーヒータイムを取った。この日も強行軍は続き、遅い昼食を終えてブールフィヨルドの町に入ったのは午後四時、すでに濃い夕闇《ゆうやみ》の迫る時刻だった。

ギデオンは車を止め、後部座席に振り向いた。

「この町を通り過ぎてしまうと、後はアルタに着くまで、めぼしい宿もないんだが、このまま走っていって構わない？」

「ええ、アルタまで行きましょうよ」アミリアはきっぱりと答えた。ここまで来た以上、快適なホテルで疲れをいやしたかった。もっとも、昨日と今日のドライブ旅行で、疲れに報いて余りあるほどの美しい景色がたんのうできたことは否定できないが……。

ギデオンは無言で車を出し、たそがれの中をさらに北へと向かった。平然とドライブを続ける彼の後ろ姿を見ているうちに、理由のないいらだちがアミリアを襲った。いっそ〝これ以上一分でも車の中に閉じ込められているのは、いや〟とだだをこねてやればよかったのに。

だが、夜のアルタの村に入ったとたん、アミリアは胸のもやもやを忘れてしまった。小さな集落の家々がともす明るい光は旅に疲れた一行の目を楽しませてくれたし、逆にホテルはこんな小村にしては考えられないほど大きく、施設も整っていた。アミリアは快適な部屋に満足しながら着替えをすませ、急いで食堂に下りていった。

時間が遅かったせいもあって、三人とも食欲は盛んだった。取りたてのさけを主体にした料理をふんだんに食べたうえ、大きなクリームケーキもきれいに平らげた。男たちは地元の蒸留酒とビールを飲んだが、アミリアはおとなしく白ワインで我慢し、食後三十分ほど雑談に加わってから先に部屋へ上がっていった。父とギデオンが、それから何時間も釣りの話に興じたであろうことは疑いの余地もなかった。

翌朝、空は青く澄み渡り、絶好の釣り日和になった。とはいえ吹く風は冷たく、冬の到来が間近いことを告げていた。三人は朝食後すぐにホテルを出発し、博士の予約した釣り船に乗り込んだ。小型だが船足の速そうなスマートな船だ。アミリアは竿《さお》の準備をする男たちにかわって舵を握った。

川口のアルタから十数キロ上流のガルギアを過ぎると川岸の人家はとだえ、川幅も狭くなった。高い山が両岸から迫っているので、なおのこと川が狭く見える。しかし、人気《ひとけ》もない辺境という感じはなかった。時おり同じような釣り船に出会ったし、となかいの群れを越冬地へ向けて駆っていく地元民の姿も見られた。アミリアは甲板に立って双眼鏡をのぞくのに忙しく、父から催促されるまでコーヒーを入れることも忘れていた。

半日後、明るい笑い声を乗せた船は、たそがれの中を再びアルタへ向けて川を下っていた。大きなさけの手ごたえを存分に楽しんだ男たちはもちろんのこと、アミリアも予想外と言えるほど一日を楽しんだ自分に驚いていた。

夕食のとき、博士は「明日はもっと上流へ行ってみよう」と提案した。上流に船を着けられるほどの中州があり、そこの岩場が絶好の釣り場だという。

「もっとも君には退屈かもしれないね」

博士のその一言でアミリアの気持は変わった。

「とんでもない。ぜひ連れていってくださいな」

中州はアミリアが思っていたよりかなり上流にあった。全長は、せいぜい二百メートルだろうか。砂地は少なく、水面から巨大な岩の塊が突き出ているといった感じだ。誰かが立てた丈夫な柱があり、船を着けるのは比較的容易だった。

男たちは船から食料を運び下ろした後、昼食の準備を始めたアミリアを置いて、さっそく釣り場探しに取りかかった。ようやく場所が決まると、二人は水際に下りて夢中で竿を打ち込み始め、昼食のことなど完全に忘れてしまった。待ちくたびれたアミリアのところへ二人が戻ってきたのは、それぞれがめでたく大きな獲物を手に入れた後だった。

岩場の上での昼食が終わりかけたとき、アミリアは急に周囲が暗くなったように思って空を見上げ、次にあわてて立ち上がった。「雨よ！」彼女は昼食の残りや食器をていねいに重ねながら、バスケットの中に詰め込み始めた。

娘と違って、クロスビー氏はいささかもあわてていなかった。「いやあ、実に楽しい。今日は人生最良の日だ。ギデオン、そうだろう？」彼も立ち上がって船へ戻る準備を始めたが、たとえ土砂降りにな

ろうとも、この岩場を離れたくないと思っていることは明らかだった。

博士は、皿やマグを手早くかき集めてバスケットに詰め込んでいた。おかげで出発の支度はすぐにできたが、バスケットの中は乱雑そのものになってしまい、アミリアは思わず不平を鳴らした。

するど、からかうように博士が言った。「わかっております、お嬢様。しかし、乱雑でもなんでも、ずぶぬれになるよりはましではありませんか？」

「私、きちんとしたことが好きなんです」アミリアは口をとがらして言い返したが、雨が急に強く降り始めたので議論をあきらめ、ジャケットのファスナーを引き上げてフードを頭にかぶった。早くも荷物を船に積み終えたギデオンが戻ってきて、手を差し出した。すでに岩場は雨に打たれ、足もとが滑りやすくなっている。

しかし、アミリアは差し出された手を無視して一

人で走り出した。三歩めで足もとが狂い、並んで走っていたギデオンに体ごとぶつかってしまった。無事二人とも乗船を終えてから、彼は初めて口を開いてつぶやいた。「ころぶよりプライドが大事、か」アミリアは気の弱い男ならしっぽを巻いて逃げていきそうな目でにらみつけたが、彼にはいっこうにこたえたふうもなかった。

今にも雪に変わりそうな冷たい雨が小やみなく降り続けた。しかし釣り竿を手にしていれば空模様など気にならないらしく、男二人は延々と船べりからの釣りを続け、ようやく竿を引き上げたのはそれから二時間もたってからだった。二人のためにアミリアはやけどしそうに熱いコーヒーを入れ、船室内の整理をすませて舵のところへ行った。

「いや、舵は僕がやるよ。寒いだろうから君は船室に入っていなさい」というギデオンのありがたい仰せで彼女は船室に戻ったが、もう仕事は何一つ残っていなかった。一人ぽつねんと座っていると自然、思いは沈みがちになった。

こんな最北の地まで、自分はいったい何をしに来たのだろう。トムと過ごした一週間は確かに楽しかったが、楽しいという以外にはなんの収穫もなかった。ギデオン・ファンデルトルクというオランダ人と知り合えたことが収穫？　とんでもない。いつも心の底で人をあざ笑っているかのような男に、どうして好感が持てるだろう。トムのほうが百倍もすてきな男性だ。そう、トムのことだけを考えていよう。

ところが、記憶の中にあるトムの顔がなぜかぼやけ、はっきりと思い出せなかった。逆に、出てこなくてもいい青い目のハンサムな男の顔が、やけにありありと浮かんでくる。アミリアは立ち上がって船室から顔を突き出し、頭の中の映像を雨で洗い流そうとした。するとたちまち、その映像の男が現実の声で彼女をしかりつけた。

「中に入っていたまえ。体のしんまでぬれて風邪を引いてしまうよ」

激しい雨の中を、船はアルタの波止場に接岸した。アミリアは博士の差し出した手をまたも無視して岸壁に降り立ち、急ぎ足でホテルに戻った。ゆっくりと時間をかけて湯船につかり、髪をきれいに洗って乾かすと気分はいくらか楽になった。ドレスらしいドレスを一枚しか持ってこなかったことを少し残念に思いながら、彼女は着替えを終え、ホテルのバーに下りていった。

ストックマルクネのホテルと違って泊まり客は多く、バーには大勢の釣りマニアがたむろして、互いの腕自慢をし合っていた。しかしアミリアが入っていったとたん、男たちはいっせいに話を中断し、感嘆と賞賛のまなざしを入口に向けた。

もっとも例外は一人だけいた。ファンデルトルク博士なるオランダ人が、その例外の一人だった。歩み寄ってきた娘に彼も一応は視線を向けたが、まるで時計でも見るかのような気のない表情だったので、アミリアの自尊心は、いたく傷ついた。

バーには幸い、女性客の姿もちらほらと見受けられ、彼女は久しぶりに女同士の会話で時間をつぶすことができた。男たちもいつの間にか二、三箇所に寄りかたまって、熱のこもった釣り談議を繰り広げていた。

夕食のテーブルに着いたとき、クロスビー氏はいかにも満足そうに笑って言った。「アメリカ人が一人来ているんだが、今日は運に見放されたそうだよ。我々がどこでそんなに釣ったのか、ぜひ案内してくれと言いおった!」

「案内してやればいいじゃないですか」あっさりとギデオンは言った。「あの船を使ってください」

「しかし、あれは君が借りた船だからして……」

「僕は明日、トロムセまで行ってくるつもりなんです。所用が二、三ありますし、アミリアもたまに町で買い物をしたいでしょうから」

スープのスプーンを口に運びかけていたアミリアの手が止まった。二、三の所用とは何かとたずねるかわりに、彼女は単調な声で「ここへ来てから二晩しか泊まっていないわ」と言うだけにとどめた。

ギデオンはほほ笑んだ。「明日は晴れの予報が出ているが、その後のことはあてにできないよ。行けるときに行っておいたほうがいいと思うんだ」

「でも、帰りはどうせトロムセ経由だから……」

男たちは一瞬、意味あり気に顔を見つめ合った。

「そのことなんだがな、アミリア」と父が切り出した。「ここからまっすぐトロンヘイムへ飛んで、あとは沿岸汽船でベルゲンへ戻ろうかという話になっておるんだ。船なら景色も存分に楽しめる」

「それはいいけれど、時間がかかりすぎない？」

「一日余分にかかるだけだよ」今度はギデオンが答えた。

「じゃあ、平気ね。で、お父さん、後は予定どおりでしょ？」しかし、父は答えず、かわりにギデオンが重々しく口を開いた。

「お父さんにはもうお話ししたんだが、ちょっとオランダまで足を伸ばして、僕のうちでせめて一泊してから帰るという案は、どうかなと思ってね」

アミリアは両手のナイフとフォークを置いてしまった。「でも、私は病院の勤務に戻らないと……」

「ここでの滞在をほんの二、三日切り詰めれば、オランダ経由でも予定どおり帰国できるさ」ギデオンはあっさりと言った。

アミリアは父の顔色をうかがった。父はすっかり乗り気になっていて、娘も喜んで招待をうけるものと信じているらしい。「よかったな、アミリア。お前もオランダは初めてだから、うれしいだろう？」

うれしくもなんともないと答えるわけにはいかな

かった。あまりにも無作法だし、父を失望させるのも気の毒だ。「本当、願ってもないお話ね」ぎごちなく答えたアミリアはギデオンの顔を見てつむじを曲げそうになった。この男、また人を笑いものにして楽しんでいるんだわ！

もっとも第三者が見れば、彼は穏やかにほほ笑んでいるだけだった。「ところで、明日のトロムセ行きの件はどうする？」と彼は静かに言った。「飛行機が嫌いなら、もちろん無理にとは言わないがね」

アミリアは大きなサーモンステーキを一口食べてから返事をした。「飛行機恐怖症か、とおっしゃりたいのなら、返事はノーよ。喜んで連れていっていただくわ。久しぶりに一人で買い物ができるんですもの」一人で、というところに力を入れて彼女が言うと、ギデオンの青い目が愉快そうに光った。

「じゃあ、明朝九時の便で出かけよう。いいね？」

「結構よ。お父さんも、それでいいのね？」

「異存などあるわけがない。たまにアメリカ人にサービスしてやるのも悪くないからな」

話題はそれからべつの方向へ移っていったが、アミリアはホイップクリームをたっぷり塗りつけたアップルケーキに気を取られているふりをして、話にはあまり加わらなかった。なんだか妙に落ち着かない不思議な気分だった。

二時間後に寝室へ引き揚げていくときになっても、奇妙な気分は消えなかった。何を興奮することがあるの、と彼女は自分をしかりつけた。退屈きわまりない学者との日帰り旅行など、楽しいはずがない。

アミリアはその夜、トムに長い手紙を書いた。

翌朝、彼女はストックマルクネから転送されてきた手紙を受け取った。トムからだ。封を切る間もなく彼女はあわただしい朝食を取り、ギデオンの車で空港に向かった。くつろいで手紙でも読もうかという気になれたのは、飛行機が離陸した後だった。

飛行機は満席で、アミリアはギデオンの大きな体に圧迫感のようなものを感じながら、窓ぎわにへばりついて座っていた。乗客の中にも釣りマニアが多いらしく、あちこちで見知らぬ者同士が釣りの話に花を咲かせている。

アミリアがポケットから封筒を取り出すのを見てギデオンも通路ごしの乗客と話を始め、おかげで彼女はゆっくりと手紙を読むことができた。客室乗務員がコーヒーを運んでくると彼は向き直り、気軽な口調で何か良い知らせかとたずねた。

アミリアは返事に困った。休暇は非常に楽しかったが、やはり仕事をしているときがいちばん楽しいと書いてある手紙は、はたして良い知らせと言えるのだろうか。

「べつに、どうっていうことはないただの手紙よ」

アミリアはそう言って手紙をしまい込んだ。一瞬、自分の漠然とした悩みや不安をギデオンに打ち明けて、相談に乗ってもらいたいような気持が頭をかすめた。トムが結婚に対して煮えきらないこと、生活設計についての意見の食い違い……。「でも、トムを心から愛していることは確かよ」無意識のうちにアミリアは口走り、気づいたときは手遅れだった。

「わかっているよ、当然さ」ギデオンが快活に相づちを打った。「彼は運のいい男だね。ビスケットをつまめば？　もうすぐ着陸だよ」

自分の不用意な発言をあっさり聞き流してもらえたことで、アミリアはギデオンに初めて感謝の念を抱いた。

トロムセの中心街に向かうタクシーの中でギデオンは言った。「帰りの飛行機までには七時間近くあるんだから、あわてる必要はないよ。昼食は……そうだ、先日泊まったホテルで落ち合って一緒に食べよう。それまで、ゆっくり買い物を楽しんできたまえ」

そう言われて、アミリアは自分が一人で買い物をしたいと宣言していたことを思い出した。彼女はギデオンに笑顔で別れを告げ、通りの向こうのデパートめざして勢いよく歩き始めたが、うそ寒い木枯らしが胸の中を通りすぎていることまでは否定できなかった。

わけもない寂しさを忘れようとアミリアはさっそく買い物に精を出すことにした。おみやげを買って帰りたい相手はたくさんいる。まずボニー、それから聖アンセル病院の友人たち。シビル以下、手術室付きの看護師や担当の患者たち、そして……もちろん、トムを忘れてはいけない。

店をいくつも回り、いろいろ品定めをしたあげく、ボニーに似合いそうな格子じまのカーディガンが見つかった。自分自身のセーターも一枚。友人たちには上品な陶器の置物を各種取りまぜて買ったが、そこで買い物は中断せざるを得なかった。約束の待ち合わせ時間にすでに五分も遅れていたからだ。

ホテルの前で所在なげに待っていたギデオンは、アミリアの謝罪の言葉を笑顔でさえぎり、買い物の包みを彼女から取り上げてレストランに入っていった。

食事をしながら二人は午後の予定を話し合った。

「まだ買い物が残っているの。病棟の患者や看護師にはお菓子類でいいんだけど、トムには何を買うかも決まっていないのよ」アミリアは言った。

「時間はかかるのかい？　実は君をケーブルカーで山に案内できればと思っていたんだ。トロムセの町が一望できる、すばらしい眺めなんだよ」

「買い物はすぐすむわ」即座にアミリアは言った。自分がギデオンを嫌っているということなどすっかり忘れてしまっていた。「トムには……そうね、パイプを買うわ。いいお店があればいいんだけれど」

「店ならぼくが知っている。すぐ近くだ。二、三軒置いて菓子店もあるよ」

「私、できたら観光案内に出ていた教会堂へも行きたいんだけれど、時間があるかしら？」

「あるとも。移動にはタクシーを使えばいい」

二人はまず菓子店へ行ってチョコレートの大きな箱を二つ買い、次に煙草やパイプ用品の専門店に入った。トムに贈るパイプが意外に早く見つかったのは、ギデオンの適切な助言のおかげだった。荷物もすべて彼が持ってくれた。

タクシーに乗ってからギデオンは言った。「手持ちの時間はあと三時間だ。空港に着くまで、ずっとこのタクシーを使うことにしよう」費用はかかるが、いちいちタクシーを探すよりずっと便利なことは確かだ。ギデオンの細やかな心くばりをアミリアは素直に感謝し始めていた。

タクシーはフィヨルドにかかる橋を渡って、トロムセの郊外へと走っていった。両側は街路樹と美しい木造の家が続いている。もちろん街路樹は葉をすっかり落としているが、なんとなく住んでみたくなるような温かい雰囲気の町並みだ。通りを抜けた山すその小さな建物の前でギデオンはタクシーを降り、アミリアを建物へといざなった。そこがケーブルカーの発着所だった。

ようやくアミリアは、自分が高所が苦手だということを思い出した。それでも、なるべく下を見ないようにしながら数分間の旅に耐え、頂上に着くと寒風の吹く展望台から下界を見下ろした。確かに景色はすばらしく、トロムセの町が地図を広げたように見えるのも興味深かったが、足もとが気になって、うっとり見とれるというまではいかなかった。どうやらギデオンは高所も平気らしく、展望台の上を歩き回ってあらゆる角度からの風景を説明した。

彼がそろそろ帰ろうと言ったとき、アミリアはほっとするあまり軽い吐き気さえ感じたほどだった。

帰りのケーブルカーに乗ると吐き気はますますひどくなり、彼女は固く目を閉じて石のように体を固くしているのがやっとだった。もはやギデオンの前で体裁を取りつくろう気力さえなくなっていた。

不意に大きな腕がアミリアの肩を包み込んだ。

「高い所は苦手だったのか！　うかつだったよ。すまない、こんなところへ連れてきてしまって」

アミリアは勇気をふるって薄目を開けた。「大丈夫よ。私、自分からついてきたんだし、来てよかったと思っているわ。ただ……私、少し臆病なのよ」

ギデオンの温かい腕にいっそう力が加わった。

「目をしっかり閉じていなさい。もうすぐ終点だ。降りたらまっすぐ空港へ行こうか？」

「いいの。地面に足が着けば、すぐ治ってしまうんだから。ご心配かけて、私こそ、ごめんなさいね」

「君が謝る必要はないよ」温かみのある声だった。

待たせておいたタクシーで教会堂へ向かう途中、ギデオンは小さなホテルの前で車を止めさせた。アミリアはホテルのバーに連れていかれ、ぜひにと勧められてブランデーを少し飲んだ。たちまち体は温まったが、ブランデーが効きすぎたのか、気分が少々うわついてしまったきらいもあった。

「厳粛な場所を見学するのにはふさわしくないみたいだわ」重いドアを開けて教会堂の中に足を踏み入れながら、アミリアは言った。

ギデオンは答えず、彼女の腕を取ってゆっくりと通路を進んでいった。ほかに見学者の姿はなく、あたりはひっそりと静まり返っている。ほの暗い照明を通して見上げると、天井はどこまでも高く、まるで壁全体が三角形をなしているようにさえ見えた。

「山国にふさわしく、山の形をした教会ね」

「気に入ったようだね。来てよかったよ。しかし残念ながら、そろそろ出なくちゃいけない時間だ」

アルタ行きの飛行機が飛び立ったとき、日はすでにとっぷりと暮れていた。これといった話もしないうちに、二人は飛行機と車を乗り継いでホテルに着いた。

戸外の冷気を忘れさせる暖かいロビーに入ってから、アミリアは連れに感謝の言葉を述べ、やや堅苦しい口調で付け加えた。「お願いですから、私の分の費用を計算して、教えてください」

「すべて僕のおごりだよ」悠然とした笑顔を見たとたん、アミリアは彼への反感を思い出した。

夕食の席はにぎやかだった。父と一緒に一日を過ごしたアメリカ人も同席して、人一倍陽気に今日の成果をまくし立てたからだ。彼のおしゃべりにアミリアは少々閉口し、この男が明日からも釣りに同行するのだろうかと思ってうんざりした。しかし案じる必要はなかった。ギデオンはアメリカ人と気さくに会話を続けたが、釣りを一緒に楽しもうとにおわせるようなことは一言も口にしなかった。

アメリカ人が去った後、彼は初めて明日の計画について触れた。「村の少し上流に注いでいる支流へ行ってみましょう。天気がくずれる前に、なるべく多くの場所へ行かないとね」

「あら、ごめんなさい。せっかくの一日を私のためにむだ使いさせてしまって！」鋭い声で口をはさんだアミリアを、ギデオンの静かな目が見つめた。

「とんでもない。僕にとっても、今日は十分に楽しい一日だったよ、アミリア」

アミリアはなぜか赤くなってしまった自分に腹を立て、明朝の出発時刻が決まると早々に別れを告げて部屋に戻った。この夜も彼女はトムにあてて長い手紙を書いた。

翌日も好天に恵まれた。もっとも夕方になると風は骨身にしみるほど冷たさを増したが、それぐらいのことで気勢をそがれる男たちではなく、夕食後には次の日の計画について熱心な議論がかわされた。

明日がここでの最後の釣りになるはずだった。窓の外にちらつき始めた初雪を見ながら、ギデオンは明後日にはこの地を離れるつもりだと言った。

「レンタカーはどうするの？」

「もう手配は終わっているよ。雪で道路が閉鎖になる前に、ベルゲンまで運んでくれるという人が見つかったんだ。そうだ、ちょっと失礼させてもらって、飛行機と汽船の手配をしてこよう。いいですか？」

異議の出ようはずがなかった。クロスビー氏は手間が省けて大喜びだったし、アミリアのほうは〝だめです〟と言うべき理由を思いつけなかった。しかし父と二人きりになると、彼女はさっきからの疑問を口に出した。

「いったい、どんな物好きな人がベルゲンまで車を運んでくれるっていうのかしら」

「物好きではなく商売だろうよ。ギデオンのことだ、その辺は手落ちなくやっているさ」父は笑いながら言った。「私も彼に会ったおかげで休暇を倍も楽しむことができたよ。よく気のつく、実に感じのいい青年だ……いや、べつにトムをけなしているのではないぞ」父は少しあわてたように付け加えた。

「わかっているわ」アミリアはかん高い声で言った。「でも、私に言わせてもらえば、あれほど感じの悪い男性に会ったのは初めてよ」

言ったとたんにアミリアは後悔した。父の仰天した顔を見たからではなく、あまりにも自分の心に不誠実な発言だったからだ。「うそよ、今のは冗談……汽船の旅が今から楽しみだわ。ベルゲンに着いたら、後はどういう予定かしら？」

「一泊して翌日の早朝にはアムステルダムに飛ぶつもりだよ」背後から聞こえた静かな声に、たちまちアミリアの頬は染まった。さっきの言葉も聞かれてしまったのだろうか？　だが、急いで振り向いてみると、ギデオンの顔には打ち解けた微笑がうかんでいるだけだった。

「あら、お帰りなさい」安堵《あんど》の胸をなで下ろしながら彼女もほほ笑んだ。「汽船の旅は楽しいでしょうねって話していたところなの」

「楽しいと思うよ。この季節だから乗客は少ないだろうが、なんと言っても景色がすばらしい」

数分後、最終日の釣りの作戦をなおも話し合っている男二人を残して、アミリアはベッドに行った。明日を最後に、当分はさけもたらも見ずに暮らしたい心境だった。

一夜のうちに季節は秋から冬へと変わってしまった。翌朝、空は晴れているのにどこからともなく小雪が舞い、顔に当たる風は痛いほどに冷たかった。アミリアは船が岸を離れると同時に、熱いコーヒーを入れ、寒気を吹き飛ばすほど張りきっている男たちに湯気の立つマグを配った。実を言えば彼女自身も不思議と心がはずみ、寒さもさして苦にならなかった。

短い冬の日が傾きかけると、さすがに男たちも釣りをあきらめたが、今回の旅行で最良の一日だったという点で二人の意見は一致していた。アミリアも同感だった。凍えそうな足をたえず交互に踏み鳴らしながらも、彼女は壮絶なまでに美しい冬のフィヨルドの景色を存分に楽しんで過ごした。切り立った荒々しい山の姿を見ていると逆に心がなごみ、将来への疑問や不安を忘れた清らかな気持になることができた。

その夜、ホテルの泊まり客たちは三人のために盛大な送別パーティーを開いてくれた。アミリアが快い興奮と疲れに包まれて自分の部屋に戻ったのは、いつもよりかなり遅い時間だった。明日の出発が午前中でなくてよかったわ、という思いを最後に彼女は深い眠りに落ちた。

トロンヘイムまでの飛行時間は意外に短く感じら

れた。飛行中にしばしば視界をさえぎった雲もトロンヘイムの上空へ行くと姿を消し、屋根にうっすらと雪をかぶった家々の姿がクリスマスカードの絵のように愛らしく見えた。

翌朝まだ暗いうちに、三人は定期航路の発着場から船に乗り込んだ。暗いのは早朝というばかりでなく、昨日と違って空に厚い雲が垂れ込めているせいでもあった。冷え込みもいちだんと厳しい。起きぬけに紅茶を一杯飲んだきりのアミリアは、出航するとすぐに朝食のサービスがあると聞いて救われた気持になった。

船室に荷物を置くと、彼女は急いで甲板に戻って出航準備の光景を眺めた。郵袋に続いてたらを詰め込んだ木箱が後から後から運び込まれた。遅れて来たらしい乗客があたふたと乗船を終えた後も、顎ひげをはやした船長は悠然と波止場をうろついている。

「船長が乗り遅れたらどうなるのかしら？」アミリアは自分の想像に一人で吹き出した。

「つまらんことを言いおって」と苦笑したのは父で、ギデオンは波止場を見つめて静かにほほ笑んでいた。

出航のサイレンが港に鳴り響くと、ようやく船長も乗船した。運転席に乗り込む職業ドライバーの雰囲気に似ているわ、とアミリアは思った。数分後、波止場を離れた汽船はフィヨルドの中を滑るように走り始めていた。

トロンヘイムの町並みがフィヨルドの山陰に消えてしまうと、彼女は急に寒さを感じて身震いした。さりげなく伸びてきて肩に乗ったギデオンの腕に、彼女は感謝した。何か大きな安心感に包まれたような思いだった。

「トロンヘイムの町をゆっくり見物する時間がなくて残念だったね」ギデオンはのんびりした口調で言った。「いずれ、べつの機会に来ようか」

べつの機会と言っても、この三人で旅行することなど二度とあり得ない話だ。しかし、アミリアがそれを言い出す前に、大きなどらの音が鳴り響いて乗客たちに朝食の準備ができたことを知らせた。

寒い中を早朝から起きて動き回ったせいで、アミリアはふだんの二倍は食べられそうなぐらい空腹だった。長い大きなテーブルの上にはパンやスープをはじめ各種の料理の皿が並んでいる。彼女は自分の分をふんだんに盛り分けて席に着いた。

ギデオンが言ったように乗客の数はわずかだった。沿岸を回って商売をするノルウェー人が数人。男女二人連れのアメリカ人は、ニューヨークの旅行代理店の社員で観光ツアーの下見に来ているそうだ。父やギデオンと同類の熱心な釣りマニアも五人ばかり乗っていた。

人数が少ないせいもあって、乗客たちはすぐに打ち解けて話すようになった。食後、みんなは甲板のすぐ下にある一等船室に集まって景色を眺めながら雑談に花を咲かせ、中でも釣りマニアたちはひとかたまりになって互いの手柄話を披露し合った。

父もギデオンもそっちへ行ってしまい、アミリアはベルゲンの家へ帰るというノルウェー青年のとめどないおしゃべりに相づちを打ちながら時間を過ごした。ギデオンにまとわりつかれるよりははるかに楽だと思う半面、彼女は奇妙な寂しさをかみしめていた。

にダンスでもあれば、きっと……。

　残念ながらアミリアの思わくどおりには運ばず、バーに下りていってみると、父とギデオンは船で一緒だったアメリカ人カップルとしきりに話し込んでいた。そこへオスロへ行く途中のイギリス人夫婦とノルウェー青年二人も加わり、話の輪はますます大きくなった。ギデオンの提案で夕食はみんなで食べることになり、ホテル側が用意してくれた大きなテーブルを囲んでのにぎやかな食事になった。

　誰かの発案でダンスも始まったが、ギデオンがまっ先にダンスを申し込んだ相手がアメリカ娘だったことで、アミリアの自尊心は傷ついた。もっとも彼女がパートナーに不自由したわけではなく、しばらくしてギデオンがダンスを申し込んできたときは、彼への当てつけのためにノルウェー青年の一人ともう一度踊ろうかと思ったほどだった。

　翌朝、アミリアは礼を失しないぎりぎりの線でギデオンに接した。

4

　ベルゲンに上陸したのは、翌日の昼食後ほどなくだった。

　ホテルでチェックインを終えると、ギデオンはアミリアを町の博物館に連れていき、古代北欧人の使ったルーン文字の碑文や陶器、宝石類などを見て回りながら十二世紀ごろの風俗習慣を詳しく説明してくれた。あまりに手慣れた解説ぶりに、ひょっとしてギデオンは歴史学者なのだろうかとアミリアは思った。一時間ばかり博物館にいた後、二人は優雅な喫茶店で紅茶を飲んでからホテルに帰った。

　心楽しい気分でアミリアは夕食のための身支度を整えた。夜はもっと楽しくなるかもしれない。食後デオンに対して冷たく振る舞ったが、残念ながらそれをギデオンに悟らせるチャンスは巡ってこなかった。

あわただしく空港に向かい、出国手続きを終えてオランダのスキポール空港行き飛行機の座席に落ち着いた後も、運ばれてくるコーヒーやサンドイッチ、新聞、雑誌に気を取られ、落ち着いて話をする雰囲気ではなかった。アミリアを真ん中に挟んで座った父とギデオンは、スポーツニュースを読みふけりながらしきりに感想を述べ合い、たまに思いだしたように彼女にも話の水を向ける程度だった。

退屈をかこっていたアミリアは、ギデオンから「ほら、オランダの上空に来たよ」と言われて救われた気持になった。

「私、あなたの家がどこにあるかも、まだ教えてもらっていないわ」アミリアは冷ややかに言った。

「おや、そうだったかな。アムステルダムとユトレヒトの中間あたりだよ。湖のそばの小さな村だ」

「誰か、迎えに出て下さってるのかしら?」

「家の者が一人、車で来ているはずだよ」と言ったきりギデオンは口をつぐんでしまった。もうすぐ何もかも自分の目で確かめられるのだからと思い、アミリアは好奇心を抑えつけて窓の外を見つめた。

空港の到着ロビーで待ち受けていたのは、やせぎすで長身の中年の男だった。生まれてから一度でも笑ったことがあるのだろうかと思いたくなるほど気むずかしい顔を突然ほころばして、彼はギデオンに会釈し、アミリアと父に対しても丁重に一礼した。

「我が家で長年働いてくれているヨーリットです」とギデオンが紹介した。「彼も英語を話しますよ。荷物は彼が受け取って家に運んでくれるそうですから、我々は先に行きましょう」

彼は先に立って駐車場に行き、止めてあった英国製のスーパーカーのロックをはずした。

クロスビー氏が感きわまったような声を出した。

「これは……アストンマーチンじゃないか。こんなところで再会できるとは思ってもいなかった。しかし、個人の家で使うとなると維持の手間が大変だろうな」

〝維持の費用も大変よ、お父さん〟と胸の内でつぶやいて、アミリアは後部座席に乗り込んだ。助手席には父が座った。前の席の二人が車の機能や性能についてあれこれ話し合っているのを片方の耳で聞きながら、彼女は窓の外の景色を楽しんだ。山また山のノルウェーとは対照的に、平野がどこまでも広がっている。ギデオンも時おり窓の外を指さして景色の説明をしてくれた。

車がアムステルフェーンの郊外を過ぎたころ、アミリアは風景よりも前の席のドライバーを観察するほうに心を奪われていた。まるで車の一部になりきったような鮮やかな運転ぶりだ。込み合った高速道路を、彼は巧みに車線を変えながら快適なスピードで飛ばしている。次のロータリーに差しかかると車は高架道路を通って支線に入り、やがて再び向きを変えて田園地帯の一般道路に入った。

見るべきものもない寒々とした風景だと思ったのもつかの間だった。突然、道の両側に美しい水面が広がった。

「ルーネンフェーフェン湖だ」とギデオンが言った。「南はユトレヒトの近くまで続いている。ヒルヴェルスムの町も近いが、対岸は小さな村がいくつかあるだけだ。僕の家は、そんな村と村の中間だよ」

ギデオンがかなりの規模の家で快適に暮らしているであろうことは、アミリアも漠然と察していた。しかし、神話上の動物をかたどった巨大な石の門柱に彼女はまず驚かされた。そして、精巧な細工を施した鉄柵《てっさく》の間を走り抜けた車が私道のカーブを大きく曲がったとき、さらに大きな驚きが彼女を打った。

目の前に現れたのは〝大きな家〟ではなく、小さいながらも本物の〝城〟だった。こしょう入れのような形をした小塔もあり、昔は堀だったと思われる場所には古いれんがの石積みも残っている。

「信じられないわ。なんてすてきな……」アミリアは嘆息ともつかない歓声を上げた。この城にギデオンは誰と暮らしているのだろう。まさか一人で？

「独身男が一人で住むにはもったいないと、僕もかねがね思ってはいるんだがね」アミリアの心を見抜いたかのようにギデオンが言った。やはり、一人きりで暮らしているらしい。

車を降りたアミリアは好奇心に胸を躍らせながら大きな石段を上っていった。正面玄関のドアが開き、中から小太りのかわいらしい中年女性が現れた。

「ヨーリットの奥さんのティスケ――我が家の家政婦をやってもらっている」とギデオンが説明した。

石段の上に着くと彼は小柄なティスケを親しげに抱き締め、クロスビー親子に引き合わせた。家政婦は人なつっこい微笑で会釈し、一同を中に導いた。

玄関を入って真っ先に目についたのは彫刻を施した木製の美しい階段だった。ほかに年代物の大きな椅子が数脚、上板に大理石を張った壁机が二つ。そして白と黒の大理石の床には美しい絹の敷き物が数枚。階段と同様くすんだ色の羽目板をめぐらした壁には数多くの肖像画が飾ってある。どうやらギデオンの祖先たちらしい。だが肖像画をのぞき込む暇もなく、アミリアはべつの大きな部屋に通された。

片側に巨大な弓張り窓があり、その向かいにはやはり巨大な暖炉が鎮座している。窓の両側に引かれたベルベットの重々しいカーテンはルビーのような深紅色だ。同じ深紅色は床のカーペットにも使われていた。椅子のほかに大きなソファーが二脚、燃えさかる暖炉に近い場所に並んでいた。玄関ホールと違って、この部屋の壁は落ち着いたクリーム色の絹地の壁紙で仕上げてあったが、ここにも数々の肖像画が並んでいる。

　何百年も前から続いてきた家柄らしいとアミリアは思った。勧められた席に彼女はゆったりと腰を下ろした。ギデオンの暮らしの一端を知って確かに驚きはしたものの、おじけづいて身動きもできない、ということはなかった。もちろん家の大きさでは太刀打ちできないにしても、クロスビー家も古くからの家柄であり、アミリア自身、年代物の家具や調度を見慣れて育っていたからだ。

　室内を見回していたクロスビー氏が、壁の一面全部を占領しているガラス戸付き戸棚をのぞき込み、ここにある陶製の香炉とよく似た物が自分の家にもあるとうれしそうに言った。「ブールトン作だな。ただ、彼の作品は少々奇をてらいすぎる難がある――少なくとも私はそう思うんだが」

　ギデオンもガラス戸棚の前に行った。「まさに、おっしゃるとおりです。僕も、どちらかと言えばシンプルなものが好みですよ」

　クロスビー氏は笑みを浮かべた。「私もかなりの数の骨董《こっとう》を集めているんだよ。一度、我が家へ来て見ていってくれたまえ」

「ぜひ拝見したいですね」ギデオンは笑顔で言ってアミリアのほうを振り向いた。「着替えをしたいだろうから、部屋へ案内させよう」

　アミリアが案内された部屋は、さっき正面から見えた小塔の二階だった。外を見晴らす半円状の壁には細長い窓が四つ。反対側の壁では小さな鉄の炉格子の中で火が勢いよく燃えていた。天蓋《てんがい》付き小型ベッドのベッドカバーと窓のカーテンには、同じピンクの絹地が使ってある。窓ぎわには三面鏡をのせたテーブルと、高い背もたれの付いた肘かけ椅子があった。見れば見るほど愛らしく美しい部屋だ。たった一晩しか泊まれないのが残念な気もした。

着替えを終えて階下に行ったアミリアは、思ったままの感想をギデオンにも伝えた。

「末の妹が結婚前まで使っていた部屋なんだ」と彼は言った。彼の口から家族のことが出たのは、これが初めてだった。

「妹さんは何人いらっしゃるの？」

「三人。みんな結婚して家を出てしまった。ちなみに姉はいないが、弟が一人いる。レーニエルと言って、ユトレヒトで医学を学んでいるよ」ギデオンはのんびりとした微笑をアミリアに投げた。「母はスーストの郊外に住んでいる。ここから、さほど遠くない距離だ。父が亡くなってからというもの、母はこの家に住みたがらなくなったんだよ」

アミリアはもっといろいろなことをたずねたかったのだが、ギデオンの穏やかな顔に見つめられると質問する勇気がなくなってしまった。せんさく好きな娘だと思われているような気がして、彼女は少し赤くなった。

気分をまぎらすためにアミリアは紫檀《したん》のティーテーブルの前に座り、自分も含めて三人分の紅茶をついでみんなに配り、ギデオンと父が語り合うノルウエーの思い出話に耳を傾けた。なぜかしら遠い昔の話のように彼女には思えた。

夕食は柔らかな照明に包まれた広い食堂で行われた。たっぷり十数人は座れる円形テーブルの下のフロアはシルバーグレイの厚いカーペットに覆われ、椅子の上張りと窓のカーテンは、いずれもオリーブグリーンのベルベット生地だ。アミリアは持ってきた衣服の少なさを心から無念に思った。

食後アミリアは疲れているからと言って早々と二階に上がり、小塔の部屋に引きこもった。実際は少しも疲れていなかったので、そろそろ眠ろうかと思ったのは、それから何時間もたってからだった。

美しい浴室で入浴をすませ、ベッドに入る前にもう一度カーテンのすき間から顔を出して戸外に目をやったとき、真下に人影が見えた。二匹のアルザス犬を連れたギデオンだった。彼がこちらを見上げて手を振った。自分も手を振ろうとして、アミリアは突然、思い直した。なんとなくトムに悪いような気がしたからだ。静かにカーテンを下ろして彼女はベッドにもぐり込んだ。

三人の後を追って冬も駆け足で南下してきたらしい。早朝に目を覚ましたアミリアはベッドから勢いよく飛び出してカーテンを開け、窓の外の景色を楽しんだ。昇ろうとする太陽が空を淡いあかね色に染め、霜に覆われた大地を夜の眠りから呼び覚まそうとしている。風景に見とれていたアミリアは、ノックの音を聞いてあわててベッドに戻った。

メイドがモーニングティーを置いて立ち去ると、彼女はガウンを羽織って再び窓辺に行き、肘かけ椅子の上に丸くなって紅茶を飲んだ。この美しい景色にひたっていられる時間も残りわずかだと思うと、一分一秒が惜しく感じられた。明日からはまたロンドンの灰色の町並みばかりを見て過ごす生活が始まる……もちろん、トムに会えるのはうれしいけれど。

そのとき、ギデオンと昨夜の犬二匹が窓の下に出てきた。何かの衝動に駆られてアミリアは窓を開け、「おはよう!」と声をかけてしまった。

ギデオンは足を止めて振り向いた。「やあ、おはよう、アミリア。朝の散歩は体にいいんだよ。君も来ないかい? 五分だけなら待ってもいい」

アミリアは大急ぎでスラックスとセーターを着込み、キルティングのジャケットをわしづかみにして部屋を飛び出した。洗面だけはすませたものの、顔は化粧気のない素顔のまま、髪に至ってはブラシを当てる暇もなかったが、目は美しく光り輝いていた。

「こんなにかわいい娘さんに会ったのは初めてだよ、アミリア」というギデオンの静かな声で、アミリアは棒をのんだように立ちすくんだ。ギデオンのところへ早く行きたいと願うあまり、なりふり構わず飛んできてしまった自分に気づいて呆然《ぼうぜん》とするばかりだった。大きな困惑を無表情な仮面の下に隠して彼女は無言を続けた。

ギデオンがゆっくりと首をかしげた。「急に元気がなくなったんだね。どうしたんだい？　たった今、僕は……」彼は小さくせき払いした。「僕のことはいい。それより、君を見ていると霧氷を待っている霜柱を思い出すよ」

「霧氷？　それはなんなの？」

「オレゴン州あたりに見られる独特の気象現象だ。凍《い》てついた大地に雪解けが始まるころ、霜柱が太陽のぬくもりで銀色に変わるそうだ。その美しさと言ったら……ちょうど君の美しさにも匹敵するぐらいだと思うが、君の場合、いつになったら雪解けが始まるのかな？」

アミリアはささやくような声しか出せなかった。

「お願い、ギデオン。私はトム……」

彼は微笑と高い口笛でアミリアの言葉をさえぎり、遊び回っていた犬たちを呼び寄せた。「この犬がネル、こっちがプリンスだ。二匹とも元気がいいだろう？　冬が来たのがうれしいと見える」

アミリアはようやく全身の緊張が解けるのを感じた。「わかるわ。だって、こんなにいいお天気ですもの。オランダがこれほど美しい国だなんて、実を言うと私、想像もしていなかったわ」

「気に入ってもらえてよかったよ」ギデオンはアミリアの腕を取って、ゆっくりと城の裏手に回っていった。くぐり戸を開けて外に出ると、そこは一面の牧草地だった。細い運河が縦横に通じているが、運河の水はすでに凍っている。

「ここもお宅の土地なの？」

「そうだよ。ずっと向こうの川のところまでが我が家の土地ということになっている。季節がよければ船で川から直接、湖に出られるんだ」ギデオンが気さくに話を続けてくれたおかげでアミリアの気持はほぐれ、城に戻るころにはさっきの気詰まりな場面の後遺症はほとんどなくなっていた。

朝食後、二人は再び戸外に出かけ、牧草地を渡って川を見に行った。今回はクロスビー氏も一緒だった。帰り道、父はヒースロー空港への到着時間をバジャーに連絡し忘れていたと言って急いで城に戻り、ギデオンはアミリア一人を温室に案内した。

見事なつつじの花の前で彼は前ぶれもなく話題を変えた。「トムとは近いうちに結婚の予定？」

はっとアミリアは彼を見つめた。ギデオンの表情は柔和そのものだったというのに、理由のない不安感が彼女の胸を騒がした。「トムの生活基盤が整うまで待つことにしているの――私、前にも言わなかったかしら？」

「聞いたかもしれないね」ギデオンはあっさりと言った。「しかし、今回の旅行中に事態は……」

「変わったかって？　いいえ、変わらなかったわ、何一つ」鋭い声で言ったとたんアミリアは後悔した。よけいな口を滑らした自分にたまらなく腹が立った。

ギデオンはぶらぶらと歩いて花の陳列台の向こう側に回り込み、アミリアの正面で立ち止まった。後ろ向きになるきっかけもつかめないまま、アミリアは彼の視線に耐えてうなだれていた。するとギデオンが静かに言った。「いっそ僕と結婚すれば？」

アミリアははじかれたように顔を上げた。とっさにひらめいたのは、今すぐこれを笑い話にしてしまわなければ、ということだった。「驚いたわ。この私が、なぜあなたと結婚しなきゃいけないの？」生意気な口調で彼女がたずねると、ギデオンはにっこりと顔をほころばした。

「なぜって言われると困るが……僕と結婚すれば住

み心地のいい大きな家が君のものになる」

「せっかくだけど、住み心地のいい大きな家なら現に持っているわ」

「多々ますます弁ず――一つより二つのほうがいいに決まっているじゃないか。子供たちのためにも」

「あいにく私はまだ子供を持っておりませんのよ」

「言われなくたって知っているよ」ギデオンは愉快そうに言った。「しかし家庭に子供は付き物だ。最低三人ぐらいはほしいと思わないかい？　兄弟が多いほうが子供は幸せだ。それに、我々が年を取って物の役に立たなくなったあかつきには……」

ギデオンが冗談を言っていると知って、アミリアは喜んでいいのか悲しんでいいのかわからない複雑な気持になった。とにかく気分は楽になり、彼女は小さな笑い声を立てた。「うそばっかり！　あなたは百歳になってもかくしゃくとしているわよ」

「なるほど、正論だ。僕は自分が最後の息を引き取る瞬間まで君を見守り、いつくしみ続けるだろう」

ギデオンは軽くほほ笑んでいたが、彼の青い目にある光はアミリアの胸を大きくはずませた。

「私はトムと結婚するのよ」彼女はできるかぎりの威厳を込めて言った。

「僕が努力する分には、誰にも迷惑じゃないはずだよ」明るい微笑とともに彼は言った。「さて、次は我が家が誇りとしているぶどうの木を君に見てもらわなくちゃいけないな。こっちのドアだよ」

隣の温室では七十歳をとっくに過ぎたと思われる老人が腰をかがめて苗木の手入れをしていた。

「ヤープは八十一歳にもなったのに、まだまだ現役で頑張る気でいるんだ。彼は植物にかけては名人――いや、魔術師と言ったほうがいいかな」ギデオンが笑顔で二人を紹介した。

さっきの動揺から立ち直りきれずにいたアミリアは、あまりにも平然としたギデオンの態度に少し腹を立てていた。しかし、子供のように純真なヤープ老人の笑顔を見ると心もなごみ、彼女はいつかしら老いた庭師と夢中で話し込んでしまった。もちろん、話が通じたのはギデオンの通訳のおかげだったが。

ギデオンと二人で城へ帰る途中、アミリアは会話が一秒でもとぎれることを恐れて、思いつくかぎりの話題で話をつないだ。ギデオンは真剣な顔で受け答えしていたが、彼の口もとは時おり笑いをかみ殺すかのようにゆがんだ。少なくとも、結婚の申し込みをして断られた男のようには見えなかった。

コーヒータイムになると、クロスビー氏を含めた三人は塔の一階の小さな部屋に行った。アミリアが泊まった部屋の真下ということになる。彼女は熱いコーヒーカップを片手に火の前に陣取り、ギデオンの視線を避けながら間を置かず一人でしゃべっていた。クロスビー氏は一度か二度、不思議そうな視線を娘に投げた。日ごろ、娘がむだ口をたたくようなことはめったになかったからだ。

その部屋を出て城の中をあちこち案内して回っているとき、ギデオンは初めて自分が医学博士であることを打ち明けた。

激しい動揺を隠してアミリアはたずねた。「じゃあ、この中のどこかに診察室があるの?」

「いや、診察室はユトレヒトだよ。毎日ここから通勤しているんだ。入院用のベッドはユトレヒトのほかにアムステルダムとハーグにも持っている」

アミリアはこった寄木細工の飾り棚をのぞき込んでいた。「ご専門の科目は?」

「麻酔科。この飾り棚の中にあるものは、みんながらくただよ。屋根裏に片づけてしまいたいのに、テイスケがどうしても飾っておきたがるんだ」

クロスビー氏が話に加わった。「こっちの書き物机の寄木細工は、なかなかの品物だ。十八世紀ごろの作と見たが違うかね?」彼は机に顔を近づけてしげしげと見つめた。「うん、確かにいい細工だ。君は骨董にかけては相当の目利きのようだな。やはり、一度ぜひ我が家に来てくれたまえ」

「ありがとうございます。今のところ、いつとは申し上げられませんが、お邪魔させていただく折があれば、これ以上の幸せはありませんよ」

二人のやりとりを、アミリアは耳をそばだてて聞いていた。ギデオンの最後の言葉は単なる社交辞令だろうか。万が一、本気で言っているとしたら？　気をもむ必要はない。彼が本当にマンスルアボットの家に来るとわかったら、その期間、自分は病院の寮に閉じこもっていればいいのだ。

昼食は車海老《くるまえび》のゼリー寄せ、小羊肉のカツレツ、そして南アフリカ産のだいだいを加工して冷やし固めたデザートというすばらしいメニューだった。しかしアミリアは珍しく食が進まず、高級な赤ワインを飲んでもいっそう気分がめいるだけだった。理由は……わかりきってるわ。休暇が終わろうとしているからよ！　彼女は自分に強く言い聞かせ、急いで会話の仲間入りをした。

やがて、例の広い客間でコーヒーを飲んでいる三人の前にヨーリットが現れ、荷物を車に積み終えたと報告した。部屋に行って最後の身支度を整えるためにアミリアは立ち上がった。

するとギデオンも席を立ち、申しわけなさそうに言った。「僕が空港まで送っていきたいんだが、午後から患者の予約が二つも入っているもので、ヨーリットに送らせるよ。すまないね」

すまないどころか大助かりだわ、と思いながらアミリアはコートを着込んだ。なぜ〝大助かり〟なのかは自分でもよくわからなかったが、とにかくそう思うことで気分は少し引き立ち、再び客間へ戻ったときには明るい笑顔を作ることさえできた。

父はギデオンと固い握手をかわし、心からの謝辞を述べて玄関へと向かった。アミリアもすぐに後を追おうとしたが、なぜかギデオンが前に立ちふさがり、父が開けて出ていった客間のドアを閉めてしまった。

「お別れだね、アミリア」彼はゆったりとした口調で言った。「もっとも世間は広いようで狭いと言うから、いつかどこかで再会するチャンスもあるだろうが、とりあえず今はさよならを言っておこう」

アミリアは彼の肩先のあたりを見つめたまま無言でうなずいた。何を言えばいいのか、わからなかった。わかるのが怖いような気もした。

「アミリア?」訴えるような優しい声に誘われて思わず顔を上げると、澄んだ青い目が静かに彼女を見つめていた。この目、この顔を自分は一生忘れられないだろうという思いが、一瞬アミリアの頭をよぎった。しかし、それをすぐに振り捨てて、彼女は少し調子はずれの声で言った。

「私……やっぱり私、トムと結婚するわ。彼とは何年も付き合って気心も知れているんですもの。あなたとは……知り合って、たったの三週間よね」

ギデオンの口もとが、かすかな苦笑にゆがんだ。

「そう、三週間だよ」

彼の顔が目の前に迫ってきたと思った次の瞬間、アミリアは荒々しいキスに唇を奪われていた。しかしキスはすぐに穏やかなものに変わり、終わった。ギデオンはドアを開けて彼女を父の待つ玄関ホールに連れていった。

見送りに出てくれたティスケに温かい微笑だけを投げて、アミリアは無言のまま車に乗り込んだ。一度でも口を開いたが最後、大声で泣き出してしまいそうだった。ヨーリットの運転する車が私道のカーブを曲がるときも、彼女はついに後ろを振り向かなかった。

ヒースロー空港に降り立ったアミリアは、父が出迎えに……

迎えのバジャーとかわす会話をぼんやりと聞いていた。配管を直しに鉛管工が来ること、村の牧師が風邪で寝こんでいること……。

休暇は楽しかったかというバジャーの質問にアミリアは「ええ、とっても楽しかったわ」と答え、先に聖アンセル病院に回ってからコツウォルドに帰ると言われると、「どうも、ありがとう」と答えて再び黙り込んだ。オランダから帰る飛行機の中でも、アミリアはずっとそんな調子だった。

ロンドンの道路は夕方のラッシュでどこも渋滞していた。ようやく病院に着いた車からアミリアはほっとする思いで降り、父とバジャーに別れを告げた。「公休で家に帰る日がわかったら、また電話するわ」彼女は父の頬にキスした。

クロスビー氏は軽く娘の手を握り締めた。「少し顔色がさえないぞ。お前をあちこち連れ回して、すっかり疲れさせてしまったんじゃないだろうか?」

「とんでもない。連れていってくれて本当にありがとう。私、帰る途中もずっと休暇中のことを思い出していたのよ」それは、うそではなかった。

病院の守衛詰所に行くと、トムからのメモが届いていた。今夜は深夜まで勤務があるので会えない、明日会えるのを楽しみにしていると書いてあった。読み終わって初めて、アミリアは自分が今夜トムに会えるということだけを心の支えにしていたことに気づいた。

三週間ぶりで宿舎に戻った彼女は、非番の友人たちを訪ねて一緒に食事に行き、たずねられるままに休暇中の出来事を熱っぽく語って聞かせた。ただし、ギデオンに関してはついに一言もしゃべらなかった。誰かにしゃべったとたんに彼との思い出が色あせるような気がして、わざと黙っていたと言うべきかもしれない。いずれにせよ、トムに会えばギデオンのことなど何もかも忘れてしまえるはずだ。行きずりの旅行者同士という以外、二人を結ぶきずなは何もなかったのだから。

そう割り切ったつもりだったのに眠りはなかなか訪れず、アミリアは睡眠不足のまま翌朝の朝食の席に顔を出した。午前中の執刀がトムリジョーンズ医師だと知ると、友人たちは同情の声を上げた。休暇から帰って以来、彼はずっと機嫌が悪いという。アミリアは動じなかった。不機嫌な医師のもとで仕事に追い立てられていれば、つまらない考え事をしている暇もないだろう。

確かに多忙な一日だった。仕事の引き継ぎを受けて看護師チームの態勢を立て直し、トムリジョーンズ医師をなだめ、新しく来た実習外科医にはそれとなく手を貸してやった。午後は予定外の急患が運び込まれた。ナイフでめった突きにされた全身の傷を調べ、必要な場所すべての縫合を終えるには何時間もかかった。

ようやく勤務から解放されたアミリアを待っていたのは、急病の同僚にかわって夜勤に就くことになったというトムからの伝言だった。起きていてもいらいらするだけなので、アミリアは早々にベッドにもぐり込んだ。

次の日も似たりよったりの疲れる勤務だったが、夜勤明けのトムからは今夜こそ会えるというメモが届いていた。アミリアは宿舎に戻って新調のスーツに着替え、これも新調のコートを着込んで駐車場に下りていった。

トムが車を降りて出迎えてくれなかったことでアミリアは少しつむじを曲げたが、助手席に乗り込んで彼から陽気に声をかけられると、やっと再会の喜びがわいてきた。しかし、トムのキスが終わったとき、彼女はまたもや不安と動揺に悩まされていた。婚約者のキスを、赤の他人も同然のギデオンのキスと比べてしまうとは！

「昨日はすまなかったね」というトムの声でアミリアは現実に戻った。「リーダー格の実習医がかわろうかと言ってくれたんだが、気にかかる患者が二人ばかりいたものだから、やはり実習医に任せてしまうのは不安だったんだよ」

でも、せめて一時間、いや三十分だけでも実習医に任せて顔を見に来てくれてもよかったのに、と言いそうになった自分を、アミリアは急いでたしなめた。今までトムの仕事には一度も口出ししなかったし、今さら口出しする気もなかった。彼女は事情はよくわかったと言って婚約者を安心させ、これからどこへ行くのかとたずねた。

「ブロンプトン・ロードの先に静かな店があるんだ。今夜は君に折り入って話したいことがあるから、そこへ行こう」ほほ笑みをたたえてトムは言った。

アミリアの胸はときめいた。休暇を一緒に過ごした成果が実り、トムもついに結婚を早める決心をしてくれたらしい。いったん結婚してしまえば、やはり専業主婦一本でいきたいと言ってトムを説得することも可能だ。アミリアは幸せをかみしめながらレストランのドアをくぐった。

トムが本題の話を切り出したのは、デザートのプディングを食べているときだった。それまでアミリアは自分から問いただすようなことをせず、日常の気楽な会話で時間をつないで待っていた。

「仕事が見つかったんだよ」というのがトムの第一声だった。アミリアはフォークを置き、質問のかわりに軽く首をかしげた。「オーストラリアだ」と彼は付け加えた。

「オーストラリアだなんて……ずいぶん遠くね」

「遠くまで行くかいのある職場だよ。一カ月以内に出発するつもりだ」

アミリアはあっけに取られて婚約者の顔を見つめた。「オーストラリアの、どこなの?」

「西海岸のパース。新しい大きな病院で存分に腕をふるってくるよ。楽しみに待っててくれ」

「待てって……どのくらいの期間？」

「五年間」

「その話を、私に一言の相談もなく決めてしまったの？」悪い夢を見ているとしか思えなかった。

「相談しようにも君はいなかったし、それにどのみち、独身者に限るという条件付きの話だったんだ。しかし、五年後に上級専門医の肩書が手に入ることは決まったようなものさ。晴れて結婚もできる」

「それまでの間、私にここで仕事を続けろっていうことなの？……トム！　五年後の私は三十二にもなっているのよ」アミリアはこみ上げた涙を必死でこらえ、落ち着かなければ、と自分に言い聞かせた。

「教えてちょうだい、トム。あなたにとって私はなんなの？　私を愛してくれてはいないの？　何はさておき、私の望みをかなえてやりたいとは思ってくれないの？」最後にもう一言、記憶に焼きついている言葉が口をついて出た。「最後の息を引き取るまで私をいつくしむ、とは言ってくれないの？」

アミリアが見たものは、当惑しきったトムの顔だった。「どうしたんだ、アミリア？　君は、もっと物の道理のわかる娘だと思っていたのに」

「道理なんか、わかりたくもないし、五年たったら私は、娘でもなくてオールドミスになってしまうわ。子供はどうするの？　犬や猫を飼って、日曜日に親子でピクニックに行く話は……？」

トムは困惑を通り越して、少し持て余したような顔になっていた。「急な話で驚かしてしまったようだね。病院に帰ろう。一晩ぐっすり眠れば……」

「トム、お願い。オーストラリア行きの話は水に流せない？——私のために」

トムは穏やかにほほ笑んだ。「僕がどれだけ仕事を大切にしているかは、君も知っているはずだよ」

「私よりも大切？」

トムは真剣な顔で考え込んだ。「むずかしい質問だが、正直に言うと……そうだと思う」

「わかったわ。今夜はこれで帰りましょう」アミリアは静かに言った。トムはそれを同意の言葉と受け取ったらしく、ほっとしたように笑ってうなずいた。

帰りの車の中でも、彼は自分の計画や抱負を一人で語り続けた。二人は病院の夜間通用口を入ったところで別れた。周囲にはまだ人が大勢いたため、トムは「ぐっすりお休み」と言いながら婚約者の肩を軽くたたくだけにとどめた。

アミリアは素直にうなずいて宿舎の部屋に向かった。トムに対して言いたいことは山ほどあるが、まず自分の考えや論点を整理するのが先だ。そのためには、とても眠ってなどいられないと彼女は思った。

5

睡眠不足のはれぼったい目をしてアミリアは朝食に下りていき、トムとけんかしたんでしょうとからかわれても、とっさの冗談でやり返すことができなかった。トムがオーストラリアで好条件の職場を見つけたという話は本当かとたずねる友人もいた。アミリアが「本当よ」と答えると、友人たちはいっせいに歓声を上げて質問の矢を浴びせた。みんながみんな、アミリアは新妻として彼に同行するものと信じて疑わなかった。

「まだ何も決まっていないのよ」とアミリアは逃げ口上を言った。「話し合う時間が取れなくて……」

「ぐずぐずしてたら、オーストラリアのどこか田舎の駅で、ジーンズと麦わら帽子で式を挙げることになってしまうわよ」外科男子病棟付き看護師長のジーン・ホーキンズがしかりつけるように言った。ジーンはアミリアのいちばんの親友だ。「私を花嫁の付き添い役にしてくれるって話は、どうなるのよ！」

アミリアは屈託のない笑顔を苦労してひねり出した。「私なんかに構わずに、さっさとあなたが花嫁になってしまえば？」食卓に明るい笑い声が起こり、アミリアへの質問はそれでさたやみになった。

ありがたいことに、その日の執刀はゴドウィン医師だった。ぎっしり詰まった手術予定を彼は不平一つ言わずにこなしていき、看護師長の応対がいつになくそっけないことにも気をとめる様子はなかった。

一度、看護師の一人が器具を入れたトレイを床の上にひっくり返してしまったときでさえ、ゴドウィン医師は顔色一つ変えなかった。だがぴんと張ったゴムひものように神経をとがらしていたアミリアにとって、その音は自分をいためつけるための騒音としか思えなかった。ありったけの自制心をかき集めて、彼女は犯人の看護師に命じた。「落ちた器具を一つ残らず拾って洗い場に持っていきなさい。そして、向こうの棚からスペアのセットを持ってくること」最後に彼女は、ひどくとがった声で言ってしまった。「頼むから、手際よくやってちょうだいね！」

手術スタッフ全員の目が彼女に注がれた。みんなは常に冷静で人当たりのいい看護師長としてしか、アミリアを知らなかったからだ。

アミリアは昼休みにも食堂へ行かず、午後の準備で忙しいからと言って看護師長室にサンドイッチを運ばせた。小さな部屋に閉じこもってサンドイッチをつまみながら、彼女は今度はいつトムに会おうか、会ったら何を言おうかと、そればかりを考えていた。

午後五時に勤務が終わるのと同時に、彼女の決心は固まった。とにかく、もう一度だけトムに頼んでみよう――ロンドン市内とまでは言わないが、もう少し近い場所で新しい職場を見つけることはできないのか、と。

ちょうどそのとき運よくトムから電話がかかってきたが、結果的に運は少しもよくないことがわかった。新しい仕事の話を聞きたいからと、内科部長のコールズ博士から夕食に誘われたという内容だったからだ。

「明日の勤務は？」陽気な声でトムはたずねた。

「遅番で十時出勤よ」

「すると夕食のデートは無理か……。じゃ、こうしよう。守衛詰所の前で落ち合って、近くで軽く一杯やるんだ。八時でいいね？ 待ってるよ」

夕べは眠れたかとも、気分はどうだいともたずねずにトムは電話を切った。もちろん、〝オーストラリア行きは考え直してみるよ〟の言葉も彼の口からは出なかった。淡い期待が破れ去った後、アミリアはじっと受話器を見つめていた。

こんなとき誰かに話を聞いてもらえたら、と彼女は思った。自分の言っていることはわがままで道理にはずれているかもしれない。しかし、人生の重大事を決めるときに一言の相談もしてくれないような相手と、果たして幸せな未来が送れるだろうか？ そもそも、五年も待つのはいやだということが道理にはずれているだろうか？

今ここに、話を聞いてくれる誰かが……あのギデオンでもいてくれたら、どんなにか心丈夫だろう。からかわれたり、時おり返事に困るようなことも言われたが、彼なら話を聞いて、これからどうすべきかを教えてくれるに違いない。

その夜、アミリアは頭痛だと言って早々と部屋に引きこもった。宿舎の居間に顔を出せば、またぞろ質問攻めにあうことがわかっていたからだ。

昨夜の寝不足の疲れもあって眠りは意外に早く訪れ、翌朝のアミリアはさわやかな目覚めを迎えた。すべてがうまくいくという自信のようなものまでわいてきていた。心をこめて話せばトムもわかってくれるだろう。腕は優秀なのだから、共同経営者を見つけて開業すればいい。トムさえその気なら、父は喜んで資金を融通してくれる。そうすれば落ち着いた幸せな家庭が持てる……。

そして、ギデオンのことも忘れてしまうんだわ、と頭の片隅でささやく声があり、アミリアはぎくりとした。なぜギデオンにこだわるのだろう。彼が結婚しようなどと言ったのは冗談に決まっているのに。あのキスが今も頭に焼き付いていることは確かだが、それも単に彼が豊富な女性経験を持っているということの証明にすぎない。トムと結婚すれば、このほのかな胸のときめきなど、完全に過去のものにできるだろう。

きつい勤務も、その日は少しも苦にならなかった。約束の待ち合わせ場所に駆け付ける足ははずみ、頬もほんのりと上気していた。「おや、ひどく張り切っているんだね、アミリア」というトムの冷静な声も、彼女の意気込みをくじくことはできなかった。アミリアはトムが人目を気にするのも構わず彼の腕に堂々と手をかけ、夜の町へと歩いていった。

病院から歩いて三、四分の小さなバーに二人は入った。店内は込み合っていたが、壁ぎわの小さなテーブルが空いているのを見つけて二人は腰を下ろした。トムはすぐに席を立ち、自分用にはビールのジョッキ、アミリアにはシェリー酒を持って戻ってきた。座り直したトムに向かってアミリアはたずねた。

「昨夜は楽しかった？」

「最高さ。コールズ大先生も十年ほど前、パースで働いていたことがあるそうでね、いろいろ貴重な情報を教えてくれたよ」

「じゃあ、やっぱり向こうに行くつもりなのね？」明るさを装って彼女は言った。

「当然さ……なぜ今さら、そんなことを？　前回のデートで、二人の打ち合わせはすっかり……」

「いいえ、あなたと向こうの病院との打ち合わせがすっかり整っているだけだわ」アミリアは静かに言った。「私には発言権がないんですものね」

トムは困ったように眉を寄せた。「わかってくれたとばかり思っていたのになあ。こんな好条件の話、一度逃してしまったら二度と……」

「五年よ、トム。五年っていう期間のことを考えてくれたことがあるの？　五年の間に、あなたはべつの女性に巡り合って結婚したくなるかもしれないし、私だって三十二にもなったら、そのまま独身でいるほうが気楽だって思うようになるかもしれないわ」

「で、僕にどうしろって言いたいんだい？」

「わかってるはずだわ！」これからのトムの返事一つで自分の人生が決まってしまうと思うと、声が震えた。「病院を変わるのもいいし、開業するなら協力させてもらうわ。でも、とにかくイギリスの外には出ないでほしいの。そして一日も早く結婚してほしいの。あなたが望むなら、私いつまでだって共働きを続けるし……」アミリアの声はしだいに小さくなり、ついにとぎれてしまった。トムの顔を見れば返事は聞いたも同然だった。彼女はシェリー酒を一口だけ飲み、続いて残りを一気に飲み干した。

トムはジョッキをテーブルに置き、やや切り口上でしゃべりだした。「どんなことがあっても僕の決心は変わらないよ、アミリア。頼むからわかってくれ。これは僕にとって、すごく重要なことなんだ」

「わかったわ。私よりも重要だっていうことね？」こんな場所で泣いて醜態をさらすようなことだけはしたくないと彼女は思った。「外に出ない？」

「もう？　僕のビールはまだ残っているんだよ」

信じられない思いでアミリアは婚約者の顔を見つめた。人がこんなに傷ついているのに、トムはたかが一杯のビールにこだわっている！　彼女は婚約指輪を静かに抜き取ってテーブルに置き、ジョッキを傾けているトムを残して席を立った。トムが事態を把握したのは、彼女が人込みをかき分けて店の外に出てしまった後だった。

十分後、アミリアは大急ぎで部屋の浴室に駆け込んでいた。熱いシャワーに打たれながら、彼女は思う存分、涙にくれた。

翌日トムは一度も姿を見せず、電話もメモもよこさなかった。とても彼と話をするような気分ではなかったので、アミリアにとってはむしろ幸いだった。長い勤務が終わると、彼女は車を夜道に走らせてマンスルアボットへ向かった。ありがたいことに明日と明後日は公休に当たっていた。

父は外出中だったが、バジャーとボニーの二人が大騒ぎしながら〝アミリア嬢ちゃま〟を出迎え、何くれとなく世話をしてくれた。久しぶりに人の温かみに触れた思いがして、アミリアはまた涙ぐみそうになり、あわててバジャーにシェリー酒のおかわりを頼んだ。ボニーが大急ぎで作ってくれた夜食もきれいに平らげた。食べ残してボニーを心配させたくはなかったからだ。

深夜に帰宅したクロスビー氏は、居間の暖炉の前でうたた寝をしているアミリアを見て驚いた。そっと歩いたつもりだったが床がきしみ、娘は目を覚ましてしまった。彼は歩み寄り、娘の額にキスした。

「待っていてくれたのか、すまなかったな。お前が帰るとわかっていたら会合など断ったのに」

アミリアは体を起こし、額の髪をはらいのけた。

「突然帰ってきたのには、わけがあるの。お父さん、私とトムは……結婚……しないことに決めたわ」

父は身を乗り出して彼女の手を優しくたたいた。

「残念だな、アミリア。しかし、私は驚かんぞ。驚きはせんが、一通り事情を話してごらん」

「トムは、いい仕事が見つかったからオーストラリアに行くって決めてしまったの。独身が条件なんですって。しかも、期間は五年間」

「すると、結婚を五年間待てと言うんだな？」

「そうなの」大粒の涙が二しずく頬に伝わったのをアミリアは急いでふき取った。「お父さん、私はわがまますぎる？　おとなしく働きながら彼の帰りを待つべきなのかしら――もしかして、彼が向こうで私以外の女性を見つけるかもしれないのに？」

「お前は間違っておらんよ、アミリア。誰だって五年も待てと言われたら……」父はしばし考え込んだ。「いや、五年でも十年でも、死ぬまでだって待てる男女もいるにはいるぞ。どんな距離や時間でへだてられようとも、心と心で固く結び合い、愛し合っている場合だが……お前たちの場合は違う」

「ええ……でも、お父さん、私はこれからどうすればいいのかしら？」

「何もせんでいい。当分は気を楽に持って流れのままに生きていればいいさ。そして……」父は口ごもり、ため息をついた。「どうもうまく言えんよ。母さんが生きててくれたら、こんなときどうやってお前を励ませばいいか教えてくれるだろうにな」

母は二十数年も前に亡くなったが、アミリアは陽気で美しかった母を今でもよく覚えていた。「そうかしら？　お父さんと巡り合って、お母さんはずっと幸せに包まれたまま亡くなったんでしょう？」

「戦争があったことを忘れてはいかんよ、アミリア。結婚式の二週間後に私は戦場に駆り出され、そのまま三年間も母さんとは会えずじまいだった。その三年間を耐えぬけたのは……今のお前にこんなことを言っていいかどうかわからんのだが、母さんも私も、お互いを心底愛していたからだよ」父はサイドテーブルに歩み寄ってウイスキーを作り、一瞬ためらってからアミリアの分も作って渡した。「いつかはお前もそういう相手に巡り合えることを私は祈っているよ」

「結婚したいなんて私、二度と思わないんじゃないかしら?」アミリアは舌を刺すウイスキーに顔をしかめながら言った。

「今はそういう気持になるのも当然だろうな。何か気晴らしをして歩くことだよ。そう言えば、バーバラからお前と私に結婚式の招待状が来ていたぞ。三週間ばかり先だったと思うが、あの母親のことだ、さぞかし派手な式と披露宴をやるつもりだろう。我々も身内の恥にならんよう、せいぜい着飾って出席せずばなるまいよ。お前も思いきり金を使って新しい服を買ってはどうだ?」

おかげでアミリアは自分の惨めな気持をしばし忘れることができた。もっともバーバラが好きでたまらないというわけではない。それぞれの乳母が二人を大の仲よしだと思い込んでいたために、小さいころよく一緒に遊ばされたのだが、乳母たちが目を離したとたん、甘やかされたわがまま娘の見本のようなバーバラは、決まってアミリアをつねってはおもしろがって笑いころげた。四歳上だからつねり返してはいけないというのは、ひどく不公平な話だとアミリアは思ったものだ。

しかし近年になって形勢は逆転し、バーバラはアミリアほど身内の受けがよくないことを悔しがってばかりいた。アミリアが婚約したと知ったときなどは大変な騒ぎだった、といううわさも聞こえてきている。そのバーバラも、いつの間にか婚約して早々と結婚にこぎつけたらしい。父の言うとおり、思いきりすてきなドレスを買って式に出席してやろう。バーバラの顔が見ものだわ。

しかし、トムとのことを忘れていられたのもわずか数分だった。ウイスキーを飲み終わったアミリアは父に〝おやすみなさい〟を言い、重い足取りでベッドに向かった。

結婚して早く職場から解放されたいと思っていたアミリアだったが、今となっては仕事の忙しさに感謝したいほどだった。手術室にこもっているかぎり、トムとはほとんど顔を合わせずにすんだ。とは言っても、公休明けの日に廊下でばったり出会ってしまい、ひどく気まずい思いをした場面もあるにはあった。二人は堅苦しい会釈をかわしてすれ違ったが、トムはすぐにきびすを返して追い付いてきた。

「単なる友人としての交際を続けていけないはずはないと思うんだよ」と彼は言った。「僕たちはお互い、憎み合って別れるんじゃないんだからね」

お互いかどうかはわからないわよ、とアミリアは思った。「今さら付き合っても無意味だと思うわ」

「今夜、夕食を一緒に食べるくらいならべつに害はないだろう？　僕の新しい仕事の話をいろいろ聞いてもらいたいんだ」

アミリアは怒るよりも先にあきれ返った。そんな虫のいいことをトムは本気で考えているのだろうか。そのとき不意に頭をよぎった考えを、アミリアは妄想として笑いとばすことができなかった――我慢して彼の話の聞き役を務めているうちに、トムも考え直してくれるかもしれない。やはり自分を置いて外国へは行けないと思ってくれるかも……。

「わかったわ」と彼女は言った。「でも、遅くまではだめよ。明日は朝から大手術があるの」

少なくともアミリアにとって、その夜のデートは惨めきわまる結果に終わった。トムは一人で興奮して仕事の話を続け、しまいにアミリアは彼の顔めがけて料理の皿を投げつけたくなった。婚約解消も、新しい仕事への彼の意欲をそがなかったことは明白だった。眠られぬままに寝返りを打ちながらアミリアは、トムとの食事などもうまっぴらだと思った。

トムを避けるために、アミリアはしばしば一人で外出し、ロンドン市内に住む親類を訪ねたり、結婚式用のドレス探しをして歩いた。公休の日は一目散に実家へ逃げ帰ってしまった。トムが離任の挨拶《あいさつ》をしに病院内を回って看護師長室に来たときは、にこやかな応対をして彼を送り出し、そして夜ベッドに入ってから思いきり涙にくれた。

翌朝はいつもより早く起きて、赤くはれ上がったまぶたを冷やさなければならなかった。バーバラの結婚式を明日に控えて、今夜はベルグレヴィアの高級住宅地に住む大伯母の家に泊まることになっており、身内の者たちに見苦しい顔をさらすのは断じて避けたかった。

朝食のテーブルに着いたとき、アミリアのまぶたと鼻の先にはまだかすかな赤みが残っていたが、友人たちは何も言わず、陽気な冗談で彼女を元気づけようとした。トムとの婚約が解消されたことはすでに病院中に知れ渡っていた。

その日も忙しい一日だった。トムリジョーンズ医師はふだんにも増して虫の居所が悪く、そのうえ、また新しく来た看護学生の指導もしてやらなければならなかった。

どうやら手術室には不向きの学生だとアミリアは最終的に判断を下した。向き不向きは誰にでもあることだから、その学生を責めるつもりはない。しかし、摘出した患者の内臓を外科医が差し出したとき、看護師が目をつぶって皿を落としてしまってはいけないし、トムリジョーンズ医師から腹立ちまぎれに鉗子《かんし》を投げつけられたからといって、手術中に金切り声を上げていいというものではない。手術室付き看護師に特に必要とされる強靭《きょうじん》な神経を、その学生が全く持ち合わせていないことは明らかだった。

シビルに明日のことを頼んだついでに、アミリアは言った。「あの学生には手術室の外での雑用だけをさせてちょうだい。明後日には私、事務局へ行って彼女を病棟に回すように交渉してみるわ」

事務局を納得させる手立てを考えながら、アミリアは外出の支度をした。十一月だからしかたがないとはいえ、寒くてうっとうしい一日が暮れようとしていた。彼女は誕生祝いに父から買ってもらったミンクのコートをスーツの上に着込み、頭にも毛皮の縁なし帽をかぶって駐車場に下りていった。この場所で何度トムと待ち合わせたことかと思いかけた自分をしかりつけて、彼女は自分の車に走っていった。

父は先に来て大伯母と話している最中だった。アミリアを見ると、一族の長老とも言える女性のいかめしい顔がわずかにほころんだ。「よくおいでだね、アミリアや。破談にしたのには、よくよくの事情があってのことでしょうが、お前、自分の年というものも少しは考えておくれ」

父が急に大声を上げて、食事の前に一杯どうかとたずねてくれたので、アミリアは返事を考える煩わしさを逃れることができた。

格式を重んずる大伯母の好みに合わせて、アミリアは優雅な長袖のロングドレスで正装して夕食の席に臨んだ。そして食後のコーヒーを飲み終えると、昼間の疲れが残っているからと言ってそそくさと部屋に引き揚げ、ベッドに入った。

午後二時からの結婚式に備えて、アミリアは念入りに装いをこらした。クレープウールのアンサンブルと、タフタのリボンで縁取りしたつば広の帽子とは、しっとりと落ち着いたベージュ色で統一してある。胸に母のかたみのサファイアとダイヤモンドのブローチを着けると、いっそう豪華で品良く見えた。靴とハンドバッグはおそろいのエナメル革、手袋は絹のように柔らかいスウェード革だ。いずれも時間と費用をふんだんに使って厳選した品ばかりだ。

下りてきたアミリアを見て、口やかましい大伯母も文句のつけようがなかったと見え、短いながらも賛辞を呈した。日ごろ服装にはまるで関心を寄せない父までが自分の娘を誇らしげに見つめ、これでは花嫁の影が薄くなりそうだとつぶやいた。

まさか、とアミリアは笑い飛ばしたが、教会に入って信者席の通路を歩き始めたとたん、振り向いた多くの顔からいっせいに賛美の視線を浴びたときには、さすがに気分が良かった。大伯母と並んで席に着いたアミリアは周囲の親類縁者たちとにこやかに会釈をかわし、式の興奮に胸をはずませているような顔を取りつくろっていた。

傷口をえぐられているようなものだと彼女は思った。あんなことさえなければ、私だって花嫁衣装を着て、あの祭壇の前に……。アミリアは急いで心に錠を下ろした。そうでもしないかぎり、わっと泣き出してしまいそうだった。

オルガンの音が急に高くなり、花嫁の登場を会衆に告げた。趣味の良し悪しはさておき、豪華なウエディングドレスであることだけは確かだった。しずしずと通路を進み出るバーバラは、父親の腕に甘えるように取りすがっている。その光景だけを見たものは、日ごろ二人が口をきくことさえ敬遠し合う仲だとは夢にも思わないだろう。

長く裾を引いたベールの後ろには、多すぎるほどの人数の娘たちがつき従っていた。同じ年ごろの同じ体格の娘たちがおそろいのピンク色のドレスを着ているのは、演出効果をねらってのことと思われたが、似合っている娘は、あいにく一人もいない。

式の間アミリアは宙の一点を見つめて過ごし、式を進める牧師の声もなるべく聞かないように心がけた。暇つぶしには格好の材料があった——人からトムとの結婚式はいつかと問われたときの返事を考えておくこと。披露宴になれば、集まった友人や親類からその質問を受けることは必至だった。

新郎新婦の車が盛大な見送りを受けて教会前から姿を消した後も、出席者たちは三々五々、集まって立ち話を続けた。久しぶりに会った者同士の歓声があちこちに上がり、家族や親類や友人たちのうわさ話に花が咲いた。

人波がようやく解散し始めてからアミリアと父も車に乗り込み、披露宴の会場であるバーバラの実家へと向かった。ハンドルを握るバジャーは特別の日ということで気まじめにひさし付きの帽子をかぶり、お抱え運転手らしく見せている。

車はやがて、格式ある住宅街の格式ありそうな構えの家の前に横づけされた。外観はともかく、この家の中の雰囲気がアミリアは子供のときから大嫌いだった。どこへ行っても麗々しい家具が目につき、おまけに流行好きの種族だけが飛び付きそうな珍奇な装置のたぐいまで並んでいるさまは、お世辞にも趣味が良いとは言えない。

玄関ホールに掛かった大きな額の前で、アミリアと父は思わず足を止めて顔を見合った。これが現代画なのか、どう見ても子供がかんしゃくを起こして絵具を塗りたくったようにしか思えなかった。

新郎新婦および二組の両親に祝辞を述べてから、アミリアは招待客で埋まった広い部屋の中に入っていった。当然のことながら顔見知りも多い。近くで見かけた者には笑顔で会釈をかわし、遠くの者には手を振って合図しながら歩くうち突然、足が凍りついたように動かなくなった。周囲の二、三人から奇異な視線が送られたが、アミリアは気づかなかった。

アミリアが見つめていたのは、広い部屋の向こう端で頭一つ抜きん出ている非常に長身の男――美しい赤毛の娘と話をしているギデオンだった。ギデオンも今は話をやめ、真っすぐにこちらを見つめている。人波の上をかすめて二人の視線がぶつかった。

社交的な軽い笑顔を作ろうとしてアミリアは失敗し、唇の震えを隠すため急いで後ろを向いた。

やがて、頭のすぐ後ろでギデオンの声が言った。

「奇遇だね、君が新婦と知り合いだったなんて」

「バーバラが生まれたときからの知り合いよ。親類同士なの」アミリアはちらりと彼の顔を見上げ、すぐにまた顔をそむけた。「あなたこそ、なぜ……」

「新郎の友人なんだ」ギデオンはアミリアの肘を軽く握り、彼女が小声で抗議するのも無視して壁ぎわまで連れていった。通りかかったウエイターからシャンペンのグラスを二つ受け取ると、彼は悠然とアミリアの前に立ちふさがった。大きな体を包んだモーニングコートとグレーのベストが、いやおうなしにアミリアの目に飛び込んできた。「トムは、どうしてる?」のんびりした声に反して、伏せた目の奥には鋭い光があった
アミリアはまず、シャンペンを一口飲んで喉を潤した。「……元気よ」

「君たちが今日のカップルの例にならう予定は?」

「今のところ、まったく。でも、彼には……理想的な条件の仕事口が見つかったわ」

「それはすごい。場所はどこ?」

黙っていればよかったとアミリアは悔やんだ。トムと別れたことをギデオンだけには知られたくない。となれば、この場はうそをついてでも、ごまかす以外になくなってしまった。彼女は残りのシャンペンを一気に飲み干し、かわりのグラスをねだってわずかな時間稼ぎをねらった。

しかし、その貴重な数秒間、アミリアは当面の急務とは関係ない、とんでもないことを考えていた。〝私が愛しているのはトムではなく、ギデオン、あなたよ〟と言ったら、この人はどんな顔をするだろう?

突然、ストックマルクネの道路で初めてギデオン

に会ったときの、あの奇妙な感覚がよみがえり、長い間わだかまっていた心の曇りを吹き払った。後に残ったのは驚くべき、しかし、疑う余地のない一つの真実だった。あの初めての出会いのときからアミリアは恋に落ち、その恋に気づくまいと必死で自分をごまかし続けてきたのだった。

ギデオンが持ち帰った二杯めのシャンペンも、彼女はほとんど一気に飲み干した。

「そんなに飲んで大丈夫かい？」苦笑まじりにギデオンは言った。「それにしても今日の君は、いちだんときれいだ。どこから見ても貴婦人だよ。髪を無造作に束ねた、そのヘアスタイルもすてきだ」無造作どころか一時間以上の時間と無数のヘアピンを費やして仕上げた髪型だった。「ただ……アミリア、君はどうしてそんな悲しそうな顔をしているんだい？　教会で君を見かけたときも、やっぱり悲しそうだった」

彼の腕に取りすがり、なぜ悲しいのかを説明したかった。トムのせいではない。こんなにもあなたを愛しているのに、あなたが少しも気づいてくれないからよ、と言いたかった。しかし実際に行動に移せたのは、通りかかったウエイターから再びシャンペンのグラスをもらい、少し調子はずれの高い声を発することだけだった。「あら私、とっても幸せよ」

「君が……もちろん、君は幸せに決まっているさ。その幸せは大事にしなければいけないよ。世の中には、次善の策に甘んじなくてはならない男女が多いんだからね。真実の愛に巡り合える者は、ごく少数だよ」ギデオンの口もとにかすかな微笑が漂った。「ひょっとして僕と君も、そういう真実の愛で結ばれたかもしれない。だとしたら、僕は君のために何をしてあげるだろうな？　たぶん、なんでもするよ。地位も名誉も捨てようか？　空に駆け上って月を取ってくるのもいい。星を集めてきて、君の美しい首のネックレスにしてやろうか？　君さえいれば、この世はたちまち楽園に早変わりだ」彼はため息をついた。「しかし今言ったとおり、世の中の大多数の男女は、次善の策に甘んじるしかないらしい」

アミリアは足もとから大きな喜びが駆け上ってくるのを感じた。ギデオンも私を愛している！　でなければ、こんなことが言えるだろうか？　私も言おう。今すぐ、本当の気持を……。しかし次の瞬間、彼女は冷水を浴びたように立ちすくんだ。

ギデオンは顔をゆがめて静かに笑っていた。「結婚式というものは、人をむやみとロマンチックにさせるらしい。むだ口はやめてフィオーナのところへ戻ろう。彼女とは以前からの知り合いなんだ」

今のショックと三杯のシャンペンが、アミリアの頭を不透明な霧で包んでしまった。連れていかれるままに彼女はさっきの赤毛の娘のグループに加わって陽気に笑い、上品な軽口を飛ばし、そしてシャンペンのグラスをさらに重ねた。懐かしい友人の顔を見つけたからという口実を思いついて話の輪からはずれるまで、ギデオンには一度も目を向けなかった。

新郎新婦が新婚旅行へと出発すると、参会者たちも徐々に帰宅の途に就いた。フィオーナが後ろにギデオンを従えて会場を立ち去るのを、アミリアは伯父の一人と話し込みながら横目で見ていた。ギデオンはドアのところで手を振ったが、特にアミリアに向けて、というふうには見えなかった。

父も早く帰りたがっていることはわかっていたが、アミリアはさらに十分以上も粘ってから、バジャーの待つ車のところへ行った。もちろん、ギデオンの姿はもうどこにもない。理不尽な失望と怒りが彼女の胸を突いた。

「こんなところでギデオンと再会できようとはな」シートに腰を落ち着けたとたんに父は言った。「もちろん、お前も話をしたんだろう？」

「したわ――ほんの一、二分」不意にアミリアは恐怖に襲われた。「お父さん、私とトムのこと、ギデオンに話したの？」

「話すわけがないだろう。彼には連れがいたから、私もあまり話す暇はなかったよ。あれはバウチャーのとこの末娘じゃなかったか？　少し変わった名前で……フとかフィとか……」

「フィオーナよ。お願い、お父さん、万が一またギデオンに会うようなことがあっても、トムのことだけは話さないでね」

「お前がそう言うなら、黙っているよ」クロスビー氏はいぶかしげに娘の顔を盗み見た。「しかし、まさか、もう会うこともあるまいがな」

「そうね。私もそう思うわ」

二人は大伯母の家に戻って夕食の席に加わった。食事の間、大伯母が結婚式の感想を一人でしゃべり続けてくれたので、アミリアはおおいにありがたかった。翌日も朝から勤務があることを口実にして、彼女は間もなくみんなに別れを告げ、タクシーを拾って病院に戻った。

大伯母の豪邸から出てきた後だけに宿舎の部屋はいつもよりいっそう狭く感じられたが、誰にも邪魔されずに一人で考え事をするスペースとしては十分だった。しかし、その考え事さえも、しばらくはお預けにしなければならなかった。一人また一人と勤務明けの友人が戻ってきて彼女の部屋を訪問し、結婚式や披露宴の話をせがんだからだ。完全に一人になれたのは夜もかなりふけてからだった。

アミリアはベッドの上で座り込み、答えようのない無数の質問を自分にぶつけた。なぜギデオンを愛してしまったのか？　そのことを、なぜ今まで知らずにいたのか？　彼のいない人生に、これからどうやって耐えていけばいいのか？　果たして耐えられるのか……？　やはり、答えは見つからなかった。

6

クリスマスが間近に迫っていた。いつもの年のようにアミリアはクリスマスプレゼントの買い物に出かけたが、今年は少しも気が乗らなかった。ふと気がつくと、高級名店街のバーリントン・アーケードで紳士物のカシミヤセーターをぼんやりと眺めている始末だった。それを着せたい相手として彼女が思い描いていたのは父でも伯父たちでもなく、海の向こうにいるはずの一人のオランダ人だった。

クリスマス休暇中の勤務を喜ぶ者はいないが、今年のアミリアは当直に当たってしまったことをさほど無念とも感じなかった。忙しすぎて私事を思い悩む暇もないだろうと思ったからだ。それに、当直とはいえ二十四時間ずっと勤務に拘束されるわけでもないから、市内の親戚が催すパーティーに顔を出すぐらいの時間はある。バーバラからも、新居の披露を兼ねたパーティーの招待状が来ていた。

時間と費用を惜しみなく使って、アミリアはパーティー用の衣服を整えた。最終的に彼女が選んだのはラメをふんだんにちりばめたネイビーブルーのシフォンのドレスだった。不経済だとは知りつつ、そのドレスにしか合いそうもないサテン生地のハイヒールも買った。

自分をドレス選びに駆り立てているものの一つが、バーバラのパーティーでギデオンに会えるかもしれないというほのかな期待であることを彼女は知っていた。

もっとも、ギデオンに会える可能性はほとんどと言っていいくらいなかった。クリスマスは家族や親戚の者と過ごすのが常識だし、彼をイギリスに引き寄せる力を持っていそうな女性――あの赤毛の美人も、アミリアの収集した情報によると、最近アメリカへ行ってしまったという。

クリスマス休暇が始まる直前の週、アミリアは公休を利用して家に帰った。父は世間のお祭り気分をよそにのんびりと読書にふけっていたが、ボニーはてんやわんやでクリスマスの準備に追われていた。

「でも、人様が思いきり遊んでいるときに、なんでアミリア嬢ちゃまだけが手術室なんてとこに閉じ込められてなきゃいけないんです？」と家政婦は不満顔で言った。「嬢ちゃまが働きすぎて体をこわしたりしたら、聖アンセル病院では、どう責任を取るつもりなんですかね！」

「心配してくれて、ありがとう。でも、ちゃんと食べてるから大丈夫よ」アミリアは快活に笑って言った。「それに、働いてばかりいるわけじゃないわ。あちこちのパーティーにも顔を出すつもりよ」

「それを聞いて、少しだけ安心しましたよ。で、クリスマスがすんだら、お帰りになれるんですか？」

「そのつもりよ。伯母様たちにもお会いしたいし」

アミリアの母の姉二人はクリスマスと新年をこの家で迎えることが自分たちの義務だと固く信じていた。かわいそうな父と娘を慰め、場合によっては亡き妹にかわって助言を与えてやろうという意気込みはうれしいのだが、少々口やかましいのが欠点だ。それでもアミリアは、たとえばバーバラの母親のような気取った親戚より、この二人の伯母のほうがはるかに好きだった。

翌日、静かで平和な故郷に心を残しながらロンドンに戻ると、クリスマス前のあわただしい雰囲気は病院の中にまで侵入していた。医学生たちによるクリスマスコンサートの準備も進み、アミリアは非番になると衣装作りの応援に駆け付けた。このコンサートは聖アンセル病院の関係者にとって欠かすことのできない伝統行事であり、中でも呼び物はラグビー部の猛者連中が華麗なバレー用コスチュームに身を包んで歌う聖歌の大合唱だった。裁縫の得意なアミリアは、せっせと針を動かして衣装を縫い、薄紙を切って天使の羽を作った。

上級医師たちも準備の進行状況を絶えず知りたがった。かつて医学生であった彼らは、このコンサートに一種独特の郷愁を誘われるらしく、病院の重鎮となった今、誰からも手伝いの要請が来ないことを寂しがっている様子さえ感じられた。

衣装作りの合間を縫って、アミリアは病棟の飾り付けに忙しい友人たちの手伝いにも行った。看護師たちの付ける頭飾りや、クリスマスを病室で過ごす患者のためのティーパーティーをめぐって、かまびすしい議論がかわされた。

不急の手術はたいていが休暇後のスケジュールに組み込まれていたが、日々の勤務はアミリアの予測どおり多忙を極めた。人々がクリスマス気分に浮かれて羽目をはずしすぎた結果、殴り合いやナイフを振りかざしての乱闘事件が続発し、そのたびに数少ない当直スタッフは息せききって手術室に集合した。そのほかにも、虫垂炎や腎臓結石、胆のう結石、腸閉塞《へいそく》など、いつもながらの急患が運び込まれたし、もちろん交通事故も平常の倍ぐらいのペースで起こっていた。

来る夜も来る夜も、アミリアは疲れた体をやっとの思いで引きずって宿舎に戻り、ベッドに入ると数秒もしないうちに眠り込んでしまった。

聖なるクリスマスの一日は、朝から三件の交通事故で始まった。アミリアは昼食を大急ぎで片付け、またもや手術室に駆け戻った。次の患者は、フックのはずれた安全ピンをなぜか飲み込んでしまった少女だった。病院のティータイムが終わった後で、手術はようやく終了した。

救急室に問い合わせると、当面、手術を要する患者の連絡は入っていなかったので、アミリアは連絡係の看護学生一人を留守番に残して、ほかのスタッフたちと病棟に出かけた。工夫をこらした飾りつけを鑑賞しながら各病室を回り、出された紅茶をありがたく飲みながら中央病棟へ行くと、そこではまさにコンサートが華やかに開幕したばかりだった。

医学生たちの道化た寸劇をしばし楽しんでからアミリアは手術室に戻り、看護学生をコンサートに送り出してやった。その後も結局、急患の手術は一件もなかったが、それでも雑用は山ほどあった。

忙しい一日の終わりに彼女の頭に浮かんだのは、明日の晩になればバーバラの家のパーティーに行けるということだった。バーバラに会いたくてたまらないというわけでは決してないが、薬品のにおいが染み込んだ手術着にかわって例のラメ入りのドレスに初めて袖を通せるのは楽しいし、だいいち、電話のベルが鳴るたびに神経をとがらす必要がないだけでも心が休まるというものだ。

翌日は勤務が早番で終わる日だったが、手術の件数だけは一日分たっぷりあった。親類縁者の家を歴訪する人々が、凍てつくロンドンの町を車で走り回ったために各所でスリップ事故が起こり、バスと正面衝突したドライバーや、歩道に乗り上げた車にひかれた歩行者が次々にかつぎ込まれた。

勤務時間が終わるころ、アミリアは体力を消耗しつくしていた。まだ日は傾き始めたばかりだが、いっそこのままベッドに入り、りんごでもかじりながら本を読んでいようかと思ったぐらいだった。

しかし、熱いシャワーを浴びて浴室から出てみると、消耗しつくしたはずの体力は奇跡のようによみがえっていた。宿舎の友人たちは新しいドレスに感嘆の声を上げ、まるで一日たっぷり休息を取った後のようなさわやかな顔だとほめそやした。事実、それに似た気分にはなっていたものの、アミリアは念のため車の運転を差し控え、守衛詰所からタクシーを呼んでパーティー会場へ向かった。

バーバラたちはスローアン・スクエアに近い高級マンションの五階に新居を構えていた。訪問するのは今回が初めてだが、うっかり部屋を間違える気遣いは全くなかった。タクシーを降りて料金を払っているときから、若者のパーティーに特有のけたたましい騒音が耳に達していたからだ。

ほかの招待客はとっくに集まっていたと見え、玄関ホールのソファーの上にはミンクや赤狐の毛皮がすでに山と積まれていた。アミリアは父のクリスマスプレゼントである、羽根のように軽いモヘアのコートをその上に重ね、客間のほうへ歩いていった。

満員の人数と笑い声の大きさから判断すると、パーティーはおおいに盛り上がっている様子だった。片目で食べ物のありかを探し求めながら、アミリアは部屋の奥に立っているバーバラのほうに向かって進んでいった。バーバラは燃えるような赤のドレスを誇らしげに着ているが、気の毒なことに少しも似合わず、おまけに太めの体がいっそう太って見える。人波をかいくぐってようやく、この新居の女主人のところにたどりついたアミリアは型どおりの挨拶《あいさつ》をすませた後で相手の衣装をほめ、新婚生活は楽しいかとたずねた。

「当たり前よ」バーバラは得意そうに笑った。「あなたも早く結婚してしまえばよかったのに。結婚相手がいなくなってしまったご感想は？」

「自由の身に戻った感想は、とたずねてほしいわ。もう、最高よ。いくら時代が変わったといっても、独身じゃなきゃ味わえない喜びって、あるのよね」

バーバラの不機嫌な顔に向かって思わせぶりな微笑を投げてから、アミリアは再び人波の中に戻った。たちまち彼女の周囲に男性が押し寄せるのを見て、バーバラの顔はますます不機嫌になった。

男性陣の一人から、ポンチだよと言って渡されたグラスを、アミリアは少々不安な気持で見つめた。バーバラが作ったポンチだろうか？　だとすれば何が入っているかわかったものではない。ほんの一口だけ舌の先に含んでみた結論は、まぎれもなくバーバラの作った飲み物だった。ラズベリージャムに少量のりんごときゅうりを混ぜたような味――総じて言えば、とても飲む気のしない味だった。

そのとき人込みの中に父の姉ディリアを見つけ、アミリアはほっとする思いで男たちと別れを告げた。

「あら、アミリア」ディリア伯母は優しい笑顔で姪《めい》を迎えた。「そのドレス、すてきよ。それにひきかえ、この飲み物の味ときたら……。あなた、クリスマスも病院だったんだって？」伯母は気の毒そうに眉を寄せた。トムのことも父から聞いて知っているはずだが、そのことに触れようとしないのも人柄のよさの表れだろう。

そのとき、伯母はアミリアの肩ごしに遠くを見つめ、次に片手を上げて誰かに笑顔で合図した。「あら、あの人だわ。バーバラの結婚式の日に……」

つられて振り向いたアミリアの頬から、血の気が引いた。ゆっくりと歩み寄ってくるのはギデオンだった。彼はディリア伯母とにこやかに挨拶をかわし、続いてアミリアに向き直った。今や彼女の頬はほんのりと染まっていた。

「会えるとは思っていなかったよ。てっきりトムと一緒に実家でクリスマスを過ごしているんだとばかり……」

アミリアは急に口がきけなくなっていた。そこへつけ込むかのように、ちょうどそばを通りかかったバーバラが割り込んできた。「トムと、ですって？　冗談はよしてよ、ギデオン！」彼女はかん高い声で笑った。「アミリアはトムと別れたのよ。トムはとっくにオーストラリアへ行ってしまったわ。あなたが知らずにいたなんて、おかしいわね。親類中のみんなが知ってることなのに」

「僕は身内の人間じゃないからだよ、バーバラ」ギデオンは愛想良く言って再びアミリアに目をやった。「君も大変だったんだね。いつ、そういう話になったんだい？」

またもや答えられずにいるアミリアにかわって、バーバラが知っているかぎりの事情をすべてしゃべってしまった。バーバラの顔には小気味よさそうな薄笑いが浮かんでいたが、アミリアはギデオンの顔しか見ていなかった。例の結婚式の日にはすでに二人が別れていたことを知っても、彼は表情を変えなかったが、青い目には一瞬、鋭い光が走った。

アミリアはグラスを近くのテーブルに置き、三人に向かって笑顔を投げた。「私、ジョージ叔父様にご挨拶してこなきゃ。これ、すごく変わった飲み物ね、バーバラ。頭がふらふらしそうだわ」

父の弟のジョージは大柄で、特に横幅では兄をはるかにしのいでいる。アミリアは叔父の体を防護壁にして雑談を続けながら、どうやってここを脱け出そうかと思案していた。来なければよかった。こんなドレスも買わなければよかった。どうせギデオンの笑いものになるのだったら、いっそぼろでも着てくれば……。

ジョージ叔父が不意に話をやめて顔をほころばした。「また会えたとは実にうれしいよ、君。これは私の兄の娘で……そうか、君たちはとっくに知り合いだったんだよな。君、アミリアを向こうに連れていって何か食べさせてやってくれないか。この娘は腹ぺこで困っているそうだ」

ギデオンの大きな手に背中を押されて、アミリアは人込みの中を歩き始めた。頭上から降ってきた落ち着いた声が彼女の耳を打った。「そのドレス、すてきだよ。以前から思っていたんだが、体の大きな女性はロングドレスがよく似合うねえ」

アミリアはわざと足を止めてしまった。「失礼ね、大女だなんて！　次には何を言いだすつもり？」

「そう……いろんな言い方はできるんだが、果たして君の気に入るかどうか……。聞きたいかい？」

「いいえ、聞きたくございません！」アミリアは一つ大きく息を吸い込んだ。早く逃げ出さないと、とんでもないことを口走りそうだ。〝会いたかったのよ〟とか〝私に会えて、うれしい？〟とか。半ば破れかぶれで彼女は言った。「あら、あそこにいる人、何年ぶりかしら。ちょっと行って話を……」

「向こうは君のこと忘れているだろうよ」とギデオンは言い、再び彼女を押して歩き始めた。「ぜひ何か食べさせろというジョージ叔父さんのご命令だからね。君、ダイエットでもしてたのかい？」

「い、い、え！」

「トムのことを思って食事も喉を通らなかった？」

こんな憎まれ口ばかりたたく男をどうして愛してしまったのだろうと、アミリアは自分で自分が不思議だった。「あなたには関係ない話よ」顎をつんと上げて彼女は言った。

「わかってるよ。ただ、もう一言だけ言わせてもらうなら〝海には、ほかの魚もうようよいる〟――これは亡くなったぼくの祖母の口ぐせなんだがね」

「あなたのおばあ様のお話なんか、聞かせてもらわなくても結構よ」

「残念。祖母は君のこと、きっと気に入ったと思うのに」食堂の長いテーブルの前を歩きながらギデオンは言った。テーブルには銀の盆に盛り合わせた料理が並び、量もまだふんだんに残っていた。

だが、少量ずつ全部の味見をした後で、アミリアはきっぱりと言った。「たくさん残ってたわけがわかったわ。私、今にも飢え死にしそう」

「かわいそうに。しかも、もっとかわいそうなことに、君はたった今、病院から緊急連絡を受けて帰らなきゃいけなくなった。タクシーは呼ばなくていいよ。ここに運転手がいるから」あっけに取られているアミリアに向かって、ギデオンはすました顔でまくし立てた。「君、うそをつくのは上手かい？」

「なんとか、やってみるわ」アミリアは思わずつられて言ってしまった。ギデオンと連れ立ってバーバラのところへ行ったとき、アミリアの顔にはすでに残念そうな、せっぱ詰まった表情ができ上がっていた。手術室に急患が運び込まれたそうなので急いで帰らなければ、という作り話も、すらすらと口をついて出た。

バーバラは半信半疑らしかったが、かといって特に引き止めもせず、同情の言葉をつぶやきながらアミリアと別れのキスをかわした。

「ひとっ走り、アミリアを送ってくるよ」というギデオンの言葉は、十分そこそこで戻ってくるよ、とでも言ったかのように誰の耳にも響いた。ただディリア伯母だけは姪の頬に唇を当てながら、無表情なギデオンの顔に思慮深い視線を投げていた。

マンションの外に出るとギデオンは歩道に駐車してある一台のロールスロイスに歩み寄り、ロックをはずして助手席のドアを開けた。驚きあきれながらアミリアは中に入った。「これ、あなたの車？」

「そうだよ。どこに行こうか……ル・ガヴロッシュは？」予約なしでは入れない超高級レストランだ。

「無理よ。門前払いされるだけだわ」

「無理じゃないよ」平然と言って彼は車を出した。

そのとおりだった。ギデオンと二秒ほど言葉をかわしただけで、ウエイターは二人をうやうやしく奥の席に案内した。「ここのオーナーが体をこわしたとき、僕が少しばかり力を貸したんだ」というのが、質問したアミリアに対する説明のすべてだった。

「あなたのそういうところが好きだわ——情報の出し惜しみなんか絶対にしないところがね」アミリアは少しつむじを曲げて皮肉った。

「どんなところにせよ、好きだと言ってもらえて実に光栄だ。お返しに、同じ賛辞を呈しておこう。トムとのこと、どうして教えてくれなかったんだ？」

「あなたには興味のない話だと思ったから。ねえ、この話はこれで終わりにしちゃいけない？」

「いけなくなんかないよ」口もとに軽い微笑を浮かべてギデオンは言った。「さて、目下の最重要課題の討議に移ろう。何を食べ、何を飲むかということだ。君の身内の悪口は言いたくないんだが、さっき出された飲み物は非常に珍奇な味だった。僕の分析では、ソーダ水に少量のジンを加え、色づけとして赤インクをたらしたもの、という結論が出たよ」

アミリアは肩を震わせて笑った。「私は、ラズベリージャムを水で溶いてあるんだと思ったわ。今年初めてのクリスマスパーティーに出た私としては、まさに最高の接待を受けたわけよ」

ギデオンも静かに笑っていた。「気の毒に。家へも帰らなかったのかい？」

うなずいたとたん、彼女の胸を苦しめていた鈍い痛みは急にどこかへ吹き飛んだ。報われない愛の悩みはさておき、ギデオンが実に楽しい話し相手であることだけは事実だ。「今年は当直に当たってしまったの。今度の公休には帰るつもりよ」

「公休は、いつ？」

「明後日。いつもなら前の晩から帰るんだけど、明日はべつの親類の家のパーティーに出るつもりなの。今日のパーティーの口直しだなんて、バーバラには言わないでね」

「そうかい？　僕にとっては非常に実りある楽しいパーティーだったよ」穏やかにほほ笑むギデオンを見て、アミリアはまた悲しくなった。あの会場にいた女性のうち誰が彼の興味を引き付けたのだろう。

しかし、豪華な食事とシャンペンを前にして、いつまでも悲しんでいろというのは無理な話だった。デザートに出たシャーベットの最後の一さじを口に運んだ後で、アミリアは満足のため息をついて背もたれに寄りかかった。「私の人生最良の食事の一つに数えられると思うわ。あそこから連れ出してくれて本当にありがとう」

「どういたしまして。僕だってあの料理を食べる気はしなかったし、一人の食事はわびしいからね」

コーヒーを運んできたウエイターが去るまでアミリアは無言を続けた。「でも、食事のお相手なら、私よりはるかにすてきな女性もいたでしょうに」

「可能性としては確かにそうだがね」ギデオンはぬけぬけと言い放った。「しかし、パーティーで顔を合わせただけの女性より、楽しかった旅行の仲間を選びたくなるのは当然だよ。君もたまにはノルウェーのことを思い出す？」

「しょっちゅうよ。たぶん、来年も父と一緒に行くと思うわ」アミリアは冷ややかに答えた。

「うん、お父さんもそう言っておられた」

「いつ父とそんな話を？　バーバラの結婚式のときに……？」

「いや、君の家に行ったんだよ、先週。お父さんが探しておられた竿《さお》が、たまたま手に入ったものだからね。そのときに招待を受けて、近日中にもう一度行くことになっている……実は明後日なんだ。君さえよければ、僕の車に乗っていかないかい？」

アミリアの心臓は薄いドレスの胸も破らんばかりに暴れ回った。「ありがとう。でも、帰りの足に困るから、やっぱり自分の車で行くことにするわ」

「帰りも僕が送っていけばいいだろう？　人の好意は素直に受けるものだよ、アミリア。君がトムのことで悲観しきっているのはわかるが、何、しばらくのしんぼうだ。彼はきっと君のところへ帰ってくる。希望を捨ててはいけないよ」

「何もわかっていないくせに、勝手なことを言わないでほしいわ」今この場で思いきり泣けたらどんなにいいだろうとアミリアは思った。

ギデオンの顔には揶揄《やゆ》を含んだ微笑が漂っていた。「君だって僕のことは何も知らないだろう？　たとえば僕は胸のつぶれるような失恋の痛手を背負って生きているのかもしれないよ。三十六ともなれば結婚して子供を持っていても不思議じゃないからね」

「……そうなの？」アミリアはおそるおそるたずねた。「つまり、苦い失恋の痛手を今も……」

「当たらずといえども遠からず、というところだ」アミリアにコーヒーのおかわりを催促しながらギデオンは言った。コーヒーをつぎ足すアミリアの胸は深い同情に痛んだが、それはほんの二、三秒だった。ギデオンが続けて「しかし、僕は希望を捨てないよ。彼女はきっと帰ってくる」と言ったからだ。

するとやはり例の赤毛の美人？「そうよ。二週間ぐらいの予定だってバーバラも言ってたわ」

青い目が愉快そうに躍った。「名前を聞くだけで傷つくほど、僕の心は軟弱じゃないよ」

「ごめんなさい。フィオーナのことなんでしょう？　父の友人の娘さんだから、以前から顔は知ってたわ。たまにパーティーで顔を合わせる程度だけれど」

「仕事がら、君はパーティーに出る機会も少ないんだろうねえ」

話題が無難な方向へ向いたことをアミリアは喜んだ。「そうなの。まして今年はクリスマス休暇もつぶれてしまって……」

「代休はもらえるんだろう？」

「大みそか以後でスケジュールの調整がつけば」

「楽しみは、それまでお預けということか。しかし、今夜せっかく町に出てきたというのに、食事だけで帰ったんではドレスが泣くよ。今からどこかへ踊りに行くという案はどうだい？　もちろん、明日の仕事に差し支えがあっては大変だから、適当な時間にきちんと送り届けるよ」

　アミリアに異存のあろうはずはなく、むしろ一晩中ギデオンと踊り続けたいぐらいだった。二人はさっそく、広いダンスフロアを持つ一流ホテルに席を移した。休憩もほとんど取らずに何曲も踊り続けた二人は、深夜の十二時前に軽い夜食を取り、大勢のペアにまじって再び一時間以上も踊った。

　緩やかなワルツのリズムに身をゆだねてステップを踏んでいるとき、ギデオンが意を決したようにたずねた。「明朝いちばんの手術内容は？」

「ちょっと複雑な胆のう切除。しかも、かんしゃく持ちのトムリジョーンズ先生の執刀なの」

「じゃあ、しかたがない、この辺で切り上げよう」

　数分もしないうちにアミリアは、看護師宿舎の夜間通用口の前に立ってギデオンにお礼を言っていた。自分のほうこそ楽しかったとギデオンは答えたが、その言い方があまりにも通りいっぺんの社交辞令のように聞こえたので、彼女の幸福感はたちまち台無しになってしまった。疲れた頭では相手をやり込めるせりふを思いつくこともできず、彼女はそのまま中に入ってとぼとぼと階段を上った。

「でも、家へは絶対に一人で帰るわ。誰がギデオンなんかと……」とつぶやきながら、アミリアはベッドにもぐり込んだ。時計の針は二時を回っていた。

　目が覚めたときの不吉な予感に反して、トムリジョーンズ医師は一度もかんしゃくを起こさずに手術をこなしてくれたが、やはり多忙な一日であることに変わりはなかった。混乱した頭の中を整理する暇もないままアミリアは夕方を迎え、再びあわただしく外出の支度を始めた。

　その夜はディリア伯母が、身内などごく親しい者ばかりを集めてパーティーを開くことになっていた。

昨夜と違って妙なポンチを飲まされる気遣いはなく、和やかで落ち着いた雰囲気を楽しめることもわかっているのだが、アミリアの気持はなぜかはずまなかった。もちろん、バーバラのパーティーが楽しかったというわけではなく、今夜はギデオンに会える可能性が万に一つも考えられないからだ。

「ギデオンみたいな人を愛してしまったあなたが悪いのよ！」と言って、彼女は鏡の中の自分にしかめっ面をした。

今夜アミリアが選んだのは、スカート部分にプリーツの入った薄紅色のクレープデシンのドレスだった。結い上げた髪には宝石入りの髪飾りを挿し、気分を引き立てるために念入りにお化粧した。

現れた姪を見て、ディリア伯母は即座に顔を大きくほころばした。「身内の娘たちの中で、服装のセンスはやっぱりあなたがいちばんよ、アミリア。もちろん、美人という点でも」伯母はなぜか一人ではしゃいでいるように見えた。

期待にたがわず、ディリア伯母は招待客のために万全の準備を整えていた。男性陣にはウイスキーも用意してあったし、もちろんシェリーやジントニックや、その他各種のソフトドリンクもそろっている。飲み物中心のパーティーということで、こってりした料理こそないが、ずらり並んだ大皿には目移りするほど多彩で愛らしいオードヴルのたぐいが盛り合わせてある。味にも文句のつけようがなく、どれもウエイターが補給して歩くはしから招待客たちの胃袋の中へ消えていった。

口の中でとろけるようなプルーンに味をしめたアミリアが、もう一つと思って手を伸ばしたとき、背後から静かな声が言った。

「招待されなかった連中が気の毒だよ。実にすばらしいパーティーだ」

息も止まるような思いでアミリアは振り向いた。

「ギデオン！……どうして、ここに？」

「招待されたからだよ、もちろん」

「だって、あなたは伯母と……」

「昨夜も会ったし、結婚式の日にも会っている」

次には何を言って話をつなごうかとうろたえていたアミリアは、歩み寄ってきたディリア伯母を見て心からほっとした。

「そのプルーン、どう？　うちのコックの考案なんだけど、みんなの口に合うかどうか……」そう言いながら、伯母は満面に笑みをたたえて若い二人の顔を見比べた。「あなたたちが知り合い同士で本当によかったわ」

「よかったって、何がよかったのかしら？」伯母が去った後でアミリアは独り言のようにつぶやいた。

「僕が一人で寂しい思いをしてるんじゃないかと心配してくださったんだろう」

「まさか！」彼女はプルーンを口の中に投げ込んだ。

ギデオンの青い目は陽気に笑っていた。「何か飲み物を取ってこようか？」

「結構よ。もうシェリーを二杯もいただいたわ」

「たった二杯で我慢することはないさ。君の実家まで夜道を運転していくのは、この僕なんだからね」

「夜道？　私が帰るのは明日の朝よ。もちろん自分の車を自分で運転していくわ」

「ごめん、話の順序が逆だった。実は電話で君のお父さんと話してるうちに、今夜行くことになったんだ――君を連れて」ギデオンもプルーンを一つつまみ、おいしそうに平らげた。「僕の運転では不安なのかい？」

「いいえ、あなたは超一流のドライバーよ――こう言わせたくて、わざわざたずねたんでしょう？」なんとか早くこの場を逃げ出そうと、アミリアは周囲を見回した。「まあ、懐かしい！　あそこに……」

「それは君が昨日も使った手だよ、アミリア」ギデオンの魅力的な笑顔を見てアミリアの心はとろけそうになった。懸命に自分を戒めて彼女は立ち去ろうとしたが、ギデオンの次の一言で思わずかっとなって振り向いてしまった。

「すてきなドレスだね。体がほっそり見える」

「あなたみたいに失礼な人には、会ったことがないわ！　言うに事欠いて……」行かせまいとするギデオンの策略だと悟ったのは、そのときだった。彼は満足そうな低い声で笑っていた。

「やせる必要があるとは言ってないよ。単に……」

「わかったわ。勘違いして怒って、ごめんなさい。じゃ、またね、ギデオン」アミリアは愛想よくうなずいて彼のそばを去った。

またね、とは言ったものの、彼女はそれきり二度とギデオンと鉢合わせしないよう気をくばり、招待客が一人二人帰り始めると、さりげなく伯母のところへ寄っていった。「ちょっと急いでるものだから、皆さんにはご挨拶せずに失礼させていただくわね。今夜は招待してくださって、ありがとう。本当に楽しいパーティーだったわ、ディリア伯母様」アミリアは自分に笑顔でキスしてくれた伯母が、数秒後には真剣な顔でギデオンの耳に何かささやいていたことなど知る由もなかった。

伯母の執事を務めるクロフォード老人は電話でタクシーを呼ぶと言ってくれたが、アミリアはそれを断って外に出た。歩道に何台か駐車した車の中には昨夜も見たロールスロイスもまじっていた。それを見ても彼女はべつに驚かなかったが、驚いたのは車に悠然ともたれてギデオンが立っていたことだった。口もきけずにいるアミリアを彼はさっさと車の助手席に押し込み、自分も運転席に乗り込んだ。

「M４高速道でスウィンドンへ行って、そこからシレンセスターへ向けて北上すればいいんだったね？

しかし、まずどこかで腹ごしらえをして行こう」

「待ってよ、ギデオン」ようやく放心状態から覚めたアミリアは悲痛な声で抗議した。「無茶だわ。出かけるなら出かけるなりの支度をしないと……」

「どんな支度だい？　君は現にすてきなドレスを着てるし、着替えなら家にも置いてあるんだろう？」

「でも……私、もう疲れてしまったわ」疲れてなどいなかったが、これ以外の抗弁は思いつけなかった。

「いいよ。眠っていたまえ。運転するのは僕なんだからね」ギデオンは連れが本当に眠るつもりだとでも考えたのか、市郊外の静かなレストランの前で車を止めるまで、ついに一度も話しかけてこなかった。

そこに予約席が取ってあったことでアミリアはまたもや驚かされたが、さすがにここまで来ると覚悟も決まり、案内されるまま素直にテーブルに着いた。伯母の家のシェリー酒が食欲を適当に刺激していたらしく、現実に空腹でもあった。胃袋を十分に満足させて再び車に戻るころ、彼女はギデオンと二人きりでいられる幸せに酔いしれそうになっていた。

混雑も終わった夜の高速道路を、ロールスロイスは東へ向けて飛ぶように走り抜けた。またたく間にスウィンドンに着くと、車は北西に方向を変えてシレンセスターへの道をひた走り、やがて再び方向を転じてマンスルアボットに通じる田舎道に入った。その間、ドライバーはほんの二、三度しか口を開かなかった。

見覚えのある村々の灯を窓の外に見ながら、アミリアは少しすねたように言った。「運転中におしゃべりするのは嫌いなの？」

「おいおい、疲れてると言ったのは君なんだよ」お気に入りの姪を甘やかしている叔父さんのような口調だ。

「ええ、でも、もう疲れは取れたみたい」

「よろしい。ほら、あそこが君の村だろう？　道路もすいていたし、気持のいいドライブだったね。だいいち、二人きりの夜のドライブとは、ロマンチックを絵に描いたようなものだよ」

口にこそ出さなかったとはいえ、心の中で大きくうなずいた自分を、アミリアはたまらなく惨めに感じた。こんな冗談で人を苦しめるギデオンにも腹が立った。もっと憎らしいことに、彼はわざわざ同意を求めてきたのだ。

「同感だとは言ってくれないのかい？」

アミリアが頑なに沈黙を守っていると、車は急にスピードを落とし、細い脇道に入って止まった。なぜ、とたずねかけた彼女の口は、静かに下りてきたギデオンの唇にふさがれてしまった。車が再び本道を走り始めるまで、わずか三十秒足らずの出来事だった。

何事もなかったかのような快活な口調でギデオンが言った。「これで少しは元気になったかい？　トムがいなくなって以来、君がずっと沈み込んでいたことぐらいは言われなくてもわかる。一つや二つ、その……ロマンチックな小体験みたいなことがあれば、君も元気になるだろうと思ってね」

アミリアは黙って顔をそむけ、ありとあらゆる言葉で彼をののしった――ただし、無言で。車が最後のカーブを曲がって我が家の門をくぐったときは、心の底からほっとする思いだった。

すでに彼女の決心は固まっていた。家に入ったら真っすぐベッドに直行し、ギデオンがロンドンへなりどこへなり帰ってしまうまで部屋を一歩も出ないことにしよう。ひどい頭痛だとでも言えばボニーを心配させるだろうが、この際、それもやむを得ない。こんな恥知らずな男の顔は二度と見たくない。

頭の中でやかましく異議を唱える声を無理に黙らせて、彼女はもう一度、自分に言い聞かせた。そうよ、二度と見たくもないわ！

7

決心さえすれば実行に移せる、というものではないことをアミリアは思い知らされた。まず第一の計算違いは、先に寝ていてくれればいいと思っていた父はもとより、いつもは早寝するはずの伯母たちまでが起きていて二人を出迎えたことだった。

約一年ぶりの再会を心から喜んでくれている伯母たちの顔を見ていると、一人だけさっさと二階へ上がってしまうような不人情なことはできなかった。にぎやかなおしゃべりと笑い声の渦に包まれて、アミリアはギデオンとともに居間へ押し込まれた。彼女は二人の伯母に挟まれて座り、ボニーが運んできた夜食をつまみながら、バジャーの入れてくれるコーヒーを飲み、パーティーで会った親戚からの言伝を伯母たちに披露した。

仕事に関する話は出なかった。昔かたぎの老婦人たちは姪《めい》が病院で働くこと、まして手術室のような恐ろしい場所を取りしきることに、今もって賛成していなかった。

アミリアからの情報をほぼ引き出し終えたと判断した老婦人たちは、次に関心をギデオンに移した。彼は先刻からクロスビー氏と二人、暖炉の前でグラスを傾け、来年の抱負を語り合っていた。もちろん中心は釣りの話題だ。そこへ伯母たちも加わって、ますますにぎやかな談笑が続いた。

一時間以上も話し込んだ後で、伯母たちはどこか元気のない姪の様子にようやく気づいた。早くベッドへ行きなさいとせき立てられてアミリアは素直に立ち上がり、伯母二人と父におやすみを言いながらキスして回った。

ドアはギデオンが開けてくれた。彼女が少しそっけない声で「おやすみなさい」と言うと、ギデオンはちらりと居間を見回した。年配組の三人は暖炉の前に集まってまだ盛んに話し込んでいる。

「僕にはキスしてくれないんだね?」ギデオンは小声で言って、にこりとした。「ゆっくりお休み。かわいそうに、ずいぶん疲れただろう?」あまりにも優しい彼の声に、アミリアの目は危うく不覚の涙をこぼしそうになった。彼女は無言で背中を向け、急ぎ足で階段に向かった。

ベッドに入ったアミリアは明日こそ計画を実行し、頭痛を訴えて部屋に閉じこもっていようと自分に誓ったのを最後に、たちまち眠りに落ちた。

窓に小石の当たる音でアミリアは目を覚ました。カーテンを開けてみると、外はまだ薄暗い。窓を大きく開け放った彼女の頬を、凍るような朝の冷気が打った。窓の真下に、シープスキンのジャケットを着込んだギデオンが立っていた。

「下りておいでよ。朝の散歩は体にいいんだぞ」アミリアを見上げる彼の顔が不意に大きくほころんだ。

「ただし、そのままの格好じゃだめだよ」

急いで着替えに走ろうとする寸前、アミリアは昨夜の誓いを思い出した。しかし、用意したせりふもギデオンには通用しなかった。

「頭痛には外の新鮮な空気がいちばんの特効薬だよ。早く下りてきたまえ。ボニーが台所で熱い紅茶を入れてくれているよ。なんなら、僕が迎えに行こうか?」

「いいえ、結構よ。五分で台所に行くわ」散歩に出かけるつもりなどまるでないというのに、アミリアはブーツをはき、セーターとスカートの上に少し古びたウインドパーカを着込み、おまけに手袋まで用意して台所に下りていった。ギデオンは台所の椅子に座ってボニーと雑談しながら紅茶を飲んでいた。

「本当に私、外へ出かける気分じゃないのよ」ボニーから熱い紅茶のマグを受け取りながら、アミリアはすねた子供のような顔で言った。

「聞き分けのないことをおっしゃるんじゃありませんよ、アミリア嬢ちゃま」とボニーがたしなめた。

「手術室なんてとこで悪い空気ばかり吸っていなさるから、頭も痛くなるんです。人様の体の中をいじくり回して、いったい何が楽しいんですかねえ」

アミリアはテーブルの皿からビスケットを一枚つまんでかじった。「いじくり回すのは外科の先生たちの仕事よ。私は道具を渡すだけだわ」

「似たようなものじゃないですか。どのみち、うちの嬢ちゃまにお似合いの仕事だなんて、とても思えませんですよ。先生は、どうお思いです？」

「僕もまったく同感だよ、ボニー。女性は家庭で夫と子供の世話をしているのが、いちばん似合う」

「時代遅れもはなはだしいわ」憤然とアミリアは言った。

「愛する者たちの世話をすることが時代遅れかい？以前は君自身、仕事をやめて家庭に入ることを夢見ていたような気がするんだが……そうか、トムと別れてから、意見が百八十度転換したわけか」

アミリアは立ち上がり、紅茶のマグをテーブルにたたきつけるようにして下に置いた。「おいしかったわ、ボニー。じゃあ、ギデオン、ゆっくり散歩を楽しんでいらしてね」冷ややかに言い捨てて彼女は二階へと急いだが、階段に足をかける手前でギデオンに追い付かれてしまった。

「そっちは方角違いだよ」アミリアの腕をつかんでギデオンは陽気に言った。力ずくではかないっこないという理由のもとに彼女は抵抗をあきらめ、不当逮捕された容疑者のような気分で外に出た。その仏頂面にも、そっけなさすぎる返事にもギデオンは全く注意を払わず、いつもの穏やかな口調で絶えず話しかけながら朝の田舎道を進んでいった。

高い生け垣のそばの小道を歩いているとき、アミリアは足もとの枯れ草のあたりで何かが動いたように思い、立ち止まった。耳をすますと、哀れっぽい泣き声のようなものも聞こえる。自分からは絶対に話しかけまいと決心していたことも忘れて、彼女はギデオンの袖を引いた。「何かがいるわ……動物がわなにかかっているのかも……」

ギデオンは早くも地面に膝を付き、生け垣の下の枯れ草に手を差し込んでいた。彼の両手に抱かれて一匹のうさぎが出てきた。後ろ足の片方に針金のわながからみついている。彼は慎重な手つきで針金をほどき、うさぎの足をていねいに調べた。

「骨は折れていない。軽いけがをしているが、この程度なら、そのうち自然に治るだろう。ただ、よほど怖かったと見えて、ひどく震えている。少し抱いて温めてやってくれないか」ギデオンはアミリアの腕にうさぎを預けた。「君まで、そんな顔をしなくてもいいんだよ、アミリア。大丈夫、このうさぎは死にやしないよ」彼はアミリアの額に優しくキスした。アミリアはうさぎを抱き締め、そっと頬ずりした。

「ごめんなさい、子供みたいに取り乱して。でも私、動物がいじめられるのを見ると我慢できなくって……」しばらくして彼女は顔を上げた。「そろそろ放してやっても平気かしら？」

「どうかな？　試しに下ろしてやってごらん」

地面に下ろされたうさぎは十秒ほど途方に暮れたようにじっとしていたが、突然、後ろ足で元気にはね上がると、生け垣の下にもぐり込んで姿を消した。

「子供時代に飼っていたうさぎのことを、久しぶりに思い出したよ」彼はアミリアの腕を取って再び歩き始めた。「空いてる納屋を使わせてもらってうさぎやまねやからすや……そうそう、子連れのお母さん猫を拾ってきたこともあったなあ。あれで、よく学校へ行く暇があったものだと思うよ」ギデオンが立ち止まって生け垣にもたれたので、アミリアもしかたなく足を止めた。「僕は自分の子供たちにも、同じ喜びを味わわせてやりたいと思っているんだ」

「あら、とうとう結婚する気になったの？」取って付けたような明るい声でアミリアはたずねた。

「僕はもともと独身主義者じゃないよ。どこからどこまでが、お父さんの所有地なんだい？」

「今、通ってきた道路から、ほら、あそこの木立のところまでよ」ギデオンが故意に話題を変えたことを喜びたいような悲しみたいような複雑な気持でアミリアは説明した。「この近辺ではいちばんの土地持ちということになっているけれど、でも、お宅の広さに比べたら足もとにも及ばないわ」

当たり障りのない気楽な会話を続けながら家へ戻るころ、アミリアは頭痛の一件など完全に忘れて、今日一日をギデオンとどんなふうに過ごそうかという楽しい計画を練り始めていた。朝食がすんだら、まず村はずれの修道院跡にギデオンを案内しよう。村に残る古い家並みも、わざわざ遠くから見にくる人がいるくらい、趣のあるたたずまいを残しているし……。

だが、朝食もすまないうちに、アミリアは自分の計画がまたもや空振りに終わったことを知った。父が、シレンセスターの友人のところにギデオンを案内するつもりだと楽しそうに宣言したからだ。

「ここまで来て、あの男の毛鉤《フライ》を見ずに帰る手はないよ、ギデオン。アミリア、お前はたまの休みだ、一人でやりたいこともいろいろあるだろう」

「そうなのよ、お父さん」アミリアは即座に答えた。しかし二人が車で出ていった後は、あてもなくうろうろと家の中を歩き回ってボニーの仕事の邪魔をしてばかりいた。見かねたバジャーがコーヒーを入れて彼女を居間に誘い、お願いですからここでじっとしていてくださいと言ったほどだった。

父とギデオンが帰るのを待って、遅い昼食が始まった。伯母たちは朝から村の旧友を訪ねていて不在だった。当然ながら話題は二人が見てきたばかりの毛鉤コレクションのことに集中し、アミリアはほんのお義理程度に話に加えてもらえるだけだった。コーヒーを飲み終えると、彼女は今から牧師館に遊びに行くと言って席を立った。教区牧師の一人娘アンジェラは、小さいころからの遊び友だちだった。

父は快くうなずいた。「いいとも、行っておいで。しかし、あまり長居をせずに帰ってきてくれ。これから近在の友人連中が集まる――十二、三人かな。せっかくギデオンも来てくれたことだし、久しぶりに大勢でにぎやかにやろうと思ってな。何、夕食まで出すつもりはない。軽く一杯やるだけだよ」

いい考えね、とアミリアは答え、心の中では父に悪態をついた。ああは言っても、最低三人は父に招待されて夕食に残るに違いない。たぶんその後は、伯母たちもまじえてブリッジが始まることだろう。

そこへ追い討ちをかけるように父が言った。「サーズビー夫婦はレティーも連れてくると言っておった。あの娘とは学校時代からの友だちだろう？　友だちと言えば、お前、アンジェラを明日の昼食に誘ってきてくれ。私の友人も二人ばかり来るが、若い娘もおらんことにはギデオンが寂しがるだろうからな」父は体を揺すって愉快そうに笑った。

アミリアは二階に上がり、ふくれっ面で外出の支度を整えると勝手口から裏庭にでた。牧師館へは少し遠回りになるが、何も気の進まないパーティーのために時間を節約する必要はない。

村の道をゆっくり歩いているうちに、アミリアはしばしば老人たちに呼び止められた。若いころ〝お屋敷の農場〟で働いていた彼らは、みんな〝アミリア嬢ちゃま〟を我が子のようにかわいがっていた。たっぷり道草をしたアミリアが牧師館の木戸をくぐったのは、もうすぐ三時というころだった。

アミリアより少し年下のアンジェラは小柄で気が優しく、子どものころは、がき大将の絶好のえじきだった。それをいつも救ってやったのがアミリアで、以来、二人の友情は今に至るまで変わりなく続いている。

庭の小道を歩いてくるアミリアを見て、アンジェラは家から飛び出してきた。「うれしいわ。今回はオランダ人のお医者様のお相手に忙しくて、家へは来てくれないのかと思ってたんだもの。村じゃあ、その話で持ちきりよ。私も今朝、お宅のお父さんと車で村を通るのを見かけたけど、すてきな人ねえ。あなたにご執心だっていううわさだわ」

玄関でコートを脱ぎながら、アミリアは陽気に笑い飛ばした。「残念でした！　あの人は父と釣りの話をしたくてやって来たのよ。親切で、いい人には違いないけどね」

「でも、ノルウェーの帰りに彼の家まで行って泊まってきたんでしょ？」質素な居間に旧友を案内しながら、アンジェラは執拗《しつよう》にたずねた。

「そうよ。ただし私は父の付録として招待されたようなものだわ」

アンジェラは気落ちしたような顔になった。「私、うわさが本当ならいいなって思ってたのに。つまり……トムのこともあったし……」

アミリアは苦労して笑顔をこしらえた。「がっかりさせて、ごめんね。でも私たちは、そういう間柄とは無縁なの」暖炉の前に座った二人に、この家の老犬二匹がすり寄ってきた。「今日のパーティーの知らせは、もう届いてる？　それならいいわ。それと、明日の昼食にもお招きしたいって父が言うの。ほんの少人数の昼食会らしいわ」

「その少人数の中にレティーは入っていないのね？　だったら喜んで行かせてもらうわ。私、彼女の前に出ると何を言っていいかわからなくなるの」

「何も言ってやらなくたっていいわよ、あんな人。化粧品と髪型のこと以外、どうせ何も考えていないんだから」

さっき父はレティーのことを〝学校時代からの友だち〟と言ったが、正しくは〝学校時代からの敵同士〟と言うべきだ。今日のパーティーでも、レティーがあの手この手でギデオンの気を引こうとすることは今から目に見えている。ギデオンがどうしても恋に落ちなければならないとしたら、せめてアンジェラを選んでほしい……いいえ、本当は、この私を……。よそう、あてのない希望を抱いても始まらない。アミリアは小さなため息をついた。

「ため息なんかついて、どうしたの？」心配そうにアンジェラが言った。「今でもトムのことで苦しんでるの？」

自分の胸の内をアンジェラだけには打ち明けて悩みを聞いてもらおうか、とアミリアは思った。しかし、根が正直で気の弱いアンジェラは、人から問い詰められるとうそがつけない性格だ。自分が目を離しているすきに、ギデオンにとんでもないことをしゃべってしまう危険性もある。親友に悪いと思いながらも、アミリアは適当にごまかすことにした。

「そうね、忘れるには少々時間がかかるみたいよ。職業を持っていて、つくづくよかったと思うわ」

「かわいそう……。トムから便りはないの？」

「なくて幸いっていうところね。あなた今日のパーティーには何を着てくるの？　私は何にしようかしら？　ロンドンから着て帰ったドレスでは少し大げさすぎるし……家にしまってある古いピンクのドレスぐらいしか、着るものがなさそうだわ」

「何を着ても似合うからいいわよ」アンジェラはま

じり気のない賛美の視線を親友に投げた。「私はクリスマスに母から買ってもらったブルーのドレスにしようと思うの」

「ブルーは、あなたにいちばんよく似合う色よ。ところで、何か私に白状することはないの？　父に聞いたけど、レジー・レイが最近あなたに……」

たちまちアンジェラは真っ赤になった。「彼とは……すごく気が合ってるんだけど……でも、わからないわ。レティーなんかが横から出てきたら、私に勝ち目はないんだもの」

「レティーが横やりなんか入れてきたら、私に任せてよ。最近、あまり人をやっつけていないから私、腕が鳴ってるの！」

アンジェラとの話はつきなかったが、またパーティーで会う約束をして、アミリアは家に帰った。流行後れのピンクのドレスも、実際に着てみるとさほどみっともなくはなかった。ちょうどドレスに合いそうなブロンズ色のハイヒールも見つかった。結い上げた髪にベルベットのリボンを付けて彼女は下に行き、何か手伝うことはないかと台所をのぞいた。

「手伝いはよござんすから、アミリア嬢ちゃま、あまり熱心に味見をなさらないでくださいまし。お客様に出す分がなくなってしまいますからね」と言ってボニーは、彼女を台所から追い出した。

父はすでに身支度を終え、客間でギデオンと話をしながら招待客が集まるのを待っていた。ギデオンもダークスーツに着替え、悔しいことにふだんよりさらにハンサムに見える。さぞかしレティーが喜ぶことだろうとアミリアは思った。招待客が集まり始めるまでずっと、彼女は伯母たちとばかり話し込み、ギデオンとは一度も言葉をかわさなかった。

レティーが両親と一緒に到着したのは、アミリアとアンジェラが並んで立ち話をしていたときだった。

二人の頭のすぐ後ろでギデオンの穏やかな声がつ

ぶやいた。「おや、大変な美人のご登場だな」振り向いた二人の娘の顔を見て、彼は苦笑まじりに付け加えた。「もちろん、ここのお二人さんを除けば、の話だよ」

レティーは体の線もあらわな黒いドレスを着ていた。それを見たとたん、アミリアは二階へ駆け上がって、あの豪華なラメ入りのドレスに着替えてきたくなった。しかしアミリアは非の打ちどころのない笑顔をたたえてギデオンをサーズビー家の三人に引き合わせた後、アンジェラのもとへ戻って本音をつぶやいた。「これでパーティーが終わるまで、レティーは彼を放さないでしょうよ。父があの一家を夕食に招待なんかしないことを祈るのみだわ」

ひそかな願いが父に通じたのかどうか、二時間ほどたってパーティーがお開きになるとすぐ、レティーも両親と一緒に帰り支度を始めた。ほっとアミリアが胸をなで下ろしたとき、レティーが両親に何事かささやいて小走りに寄ってきた。

「最高に楽しいパーティーだったわ、アミリア。あの人、すてきねえ。でも、あなたの彼じゃないんでしょ？　あなたはトムに捨てられた心の傷から、まだ立ち直れないっていうじゃない？」意地悪な微笑を浮かべていたレティーの目が急に丸くなり、アミリアの後ろの人物を見つめた。「まあ、ギデオン！　私、今アミリアに言おうとしてたのよ――どんな古着でも、アミリアが着ると豪華に見えるって」

「うれしいわ、レティー。これからは私、もっと古着を着て歩かなくちゃね」アミリアは愛想良く言い返した。「あら、お母様がお呼びよ。お待たせしちゃ悪いわ」

レティーは残念そうに笑い、長いまつげの下からうっとりとギデオンを見上げた。「夕食は私の家で召し上がって、なんてお願いしても無理かしら？」

ギデオンは長いまつげにさほど興味がなかったの

か、心を動かされた様子も見えなかった。「せっかくだが、夕食はこちらのお宅でいただくよ」

レティーは小さな肩をすぼめ、「じゃあ、またの機会に、ぜひ」と言いながら名残惜しそうにギデオンと握手をかわした。

レティーが去った後、アミリアは口実を設けてその場を逃げようとしたが、ギデオンの大きな手を肩に置かれてしぶしぶ立ち止まった。

「君の友だちのアンジェラは、いい娘さんだね。今どき、ああいう人も珍しい。レティーのほうは……もう二度と会うこともあるまいが、万が一、そんな機会があったら、お願いだ、アミリア、彼女と僕を二分以上は二人きりにしないでおくれ」彼はアミリアを見下ろして苦笑した。「君も人が悪い」

「なんのことかわからないわ」アミリアは、付いてもいないドレスのほこりをつまみながら言った。

「とぼけてもだめだ。僕がレティーにつかまって閑口しているのを見て、君は笑ってたんだろう」

「あら、さっきは美人だってほめてたくせに」

「大変な美人だ、と言ったんだよ」ギデオンはわざとらしく訂正した。「おや、君のお父さんだ」

クロスビー氏はパーティーの成功にたいそう気を良くしていた。しかし夕食には結局一人も招待しなかったばかりか、ブリッジもせずすぐに食事にしようと言った。

ブリッジの苦手なアミリアは、ほっとする半面、いつもの父らしくないと不思議に思った。「伯母様たちもいらっしゃるんだから、四人で一勝負だけでもプレイすれば？　私は見学させてもらうわ」

「うん、それもいいんだが……」父は珍しく曖昧《あいまい》に言葉尻を濁した。「食事の後で、ちょっと話したいこともあるんでな」

「誰と？」

「いや、誰って……みんなと、だ」

食事の間、アミリアは自分だけが仲間はずれにされているような奇妙な雰囲気を感じていた。取りたててどこがどうというわけではないのだが、父も伯母たちも、なんとなく落ち着きがなく、なぜかはしゃいでいるように見える。どうやらギデオンは、その理由を知っているらしく思えた。

食事がすむと、これも異例のことだが、父はバジャーに命じてコーヒーを食堂に持ってこさせた。バジャーに感謝の微笑を投げてからテーブルの正面に向き直ったアミリアは、ほかの三人が自分を熱心に見つめていたことに気づいて、ますますわけがわからなくなった。

待ち構えていたように父が切り出した。「アミリアや、お前、少し気分転換をするといい。最近、いろんなこともあったわけだし……」父は言いにくそうにせきばらいしてから先を続けた。「そこで、だ、ギデオンがお前を新年のパーティーに招待したいと言ってくれておるんだ。もちろん、場所は彼の家だ。ご家族やら、友人やら、いろんな人にも会える」

「でも私、勤務が……」

「大みそかの日以降なら、クリスマスの代休が取れる」まるで自分の予定を告げるかのような口調でギデオンが言った。「ぜひ来てくれよ、アミリア」

伯母二人が同時にうなずき、念入りに練習を積んだ合唱隊のように声をそろえて言った。「行っておいで、アミリア。あなたには気分転換が必要だわ」

伯母たちはギデオンから何を吹き込まれたのだろう、とアミリアは思った。そこへ、ギデオンが再び口をはさんだ。

「僕もそう思うんだよ。つまり、近ごろの君の身の上に生じた……その……事件というか、その後遺症を吹き飛ばすためにも、だねえ……」

「持って回った言い方をしてもらわなくたって私、この場で卒倒したりしないわ。ヴィクトリア朝時代の小説のヒロインじゃないんですから」アミリアが冷たく言い放つと、ギデオンの青い目に愉快そうな光が躍った。

「わかっているよ。その手のヒロインと言えば、相場が決まっている――憂いを含んだ顔、金髪、小柄、そして、今にも折れそうなほどほっそりした体つき。どれ一つとして君には当てはまらないよ」

「失礼な……」怒りのあまりアミリアは絶句した。たしなみということさえ忘れていいなら、ギデオンの顔めがけて何かを投げつけてやりたかった。

困ったように笑いながらクロスビー氏が割って入った。「これこれ、アミリア、話を本題に戻してくれ。オランダへは行くのか行かんのか。我々はみんな、お前のためを考えているからこそ、行って気晴らしをしてくればいいと勧めておるんだ。ギデオンの親切を無にしてはいかんぞ」

ギデオンが親切な人間だということぐらいは、言われなくてもわかっていた。その親切心がアミリアにとっては、むしろ迷惑だったのだ。彼は今朝のうさぎを助けたときと同じ程度の善意から、気の毒な娘に救いの手を差し伸べているとしか思えなかった。しかし、三対一では勝ち目のないことを悟って、アミリアは力ない声で言った。「わかりました。喜んでお招きにあずかります」

明らかに気乗り薄な返事を聞いたとたん、ギデオンはそれまでの穏やかな微笑を消して真顔になった。

「大みそかの午前中の便に乗れるね？　スキポール空港へは必ず誰かを迎えに出す。お父さんがおっしゃったとおり、その日は大勢が家に集まるから、君もいろんな人間に会えて楽しいと思うよ」

「そうね、今から待ち遠しいわ」心のこもらない見本のような口調でアミリアが言うと、ギデオンの顔にかすかな笑いの影がよみがえった。

「君に失望はさせないつもりだ」

翌日の午前中、アミリアは意識的にギデオンを避けて過ごし、昼食前たまたま顔を合わせたときも、ロンドンへの帰りの時間のことで二言三言打ち合わせたきりだった。

昼食は父の友人たちとアンジェラをまじえた和やかな雰囲気のうちに終わった。コーヒーを飲んでいるとき、父の友人の一人が厩舎《きゅうしゃ》を見たいともらしたのを幸い、アミリアは後を伯母たちに任せて即座に立ち上がった。「ご案内しますわ、バンブリッジさん。さあ、参りましょう」

アンジェラは席を立たなかった。初対面の気恥ずかしさを克服した彼女は、食事をしているときからずっとギデオンとばかり話し込んでいた。二人が肩を寄せ合って話にふけっているのを横目で見ながらアミリアはバンブリッジ老人を従えて部屋を出た。

早めの夕食をすましてからアミリアはギデオンの車でロンドンに戻った。車中での彼女は無難な話題を懸命に探し出して絶えず話しかけ、ギデオンもあえてオランダ行きの件を持ち出そうとはしなかった。

車がロンドン郊外に差しかかったとき、彼は初めておもむろに切り出した。「僕の家に来ることについて、あまり気が進まない様子だね、アミリア。しかし、オランダから戻るころには気持も変わっているはずだ」

「どういう意味かしら？」

「言ったとおりの意味だよ。病院に帰る前に、どこかでコーヒーを一杯だけ飲んでいかないかい？」

ギデオンとの別れの時刻を引き延ばすためなら、十杯でも二十杯でもコーヒーを飲み続けていたいとアミリアは思ったが、口から出たのは全く正反対の言葉だった。「少し用事もあるから、真っすぐ病院に帰るわ。それに明日は朝八時からの勤務なの……オランダへは今夜中に帰るつもり？」

「いや、明朝の便にするよ。これから、ちょっと人に会う用があるから」

誰に会うのかという質問だけはなんとか食い止めたものの、アミリアは一言だけ探りを入れずにはいられなかった。「こんなに遅い時間に？」

「ダンスなら深夜になってもできるさ」

「今からダンス？　まあ、すてき」思わず感情を露骨に表した声になってしまった。ギデオンが低く笑った。

「やはり、希望は捨てるものじゃないな」

「なんのこと？」

「誰のことかと言ってほしかったなあ」ギデオンは穏やかに訂正したきり口をつぐんでしまった。車は聖アンセル病院の門をくぐり、寝静まった病院の構内に入っていった。

夜間通用口の前でアミリアは立ち止まり、ここまで送ってきてくれたギデオンに感謝の言葉を並べ立てた。それを無造作にさえぎって彼は言った。

「いいんだよ、アミリア。夜道を一人きりで運転するのはつまらないから、僕こそ大助かりだった」彼は人差し指でアミリアの頬をつついた。「なんだか顔色が悪いよ。最近、やせたみたいだね」

胸を刺す悲しみがアミリアの声を鋭くとがらした。

「いつもは太りすぎだなんて言ってるくせに！」

「そんなこと、言った覚えはないよ、一度も」ギデオンは笑いながら通用口のドアを押し開けた。「おやすみ、アミリア。大みそか、僕の家で会おう」

アミリアは小さくうなずき、急いで中に入ってドアを閉めた。もう、たくさんだわ、と彼女は思った。オランダへは行かないし、二度と彼に会えなくても平気だわ。

その夜アミリアは、あのオランダの城でギデオンとダンスをしている夢を何度も見ては目を覚まし、そのたびに自分に腹を立てた。つまらない夢を見る暇があったら、オランダ行きを断る口実を探すべきだ。彼との思い出が多くなればなるほど、苦しい恋から立ち直る時間も遅くなる。ギデオンのことは一日も早く忘れてしまうのがいちばんだ。そう心に思い決めて、彼女はようやく眠りに就いた。

翌朝ベッドから起き出したときも、その決意は変わっていなかった。自分を励ますためにアミリアは故意に陽気に振る舞い、つまらない冗談まで口にして周囲の人々を驚かした。午前中の手術は長びき、午後に大幅に食い込んで終わった。午後の手術が始まるまでのわずかな時間、アミリアは一口だけでもサンドイッチをつまもうと看護師長室に駆け込んだ。デスクの上に一通の封書が載っていた。タイプで打ったあて名の横に〝至急〟の文字が添えられている。アミリアはサンドイッチをほおばりながら封を切った。大小二枚の紙切れがデスクの上に滑り落ちた。一枚は航空券、もう一枚は殴り書きしたメモだった。〝飛行機の出発は午前十時。遅刻無用のこと

——ギデオン〟

喉に詰まったパンを紅茶で流し込んで、アミリアは看護師長室を飛び出した。なぜ朝のうちに休暇願いの手続きを取らなかったのかと思うと、涙がこぼれそうだった。今ごろ頼みに行っても手遅れに決まっているのに……。そうは思っても、事務室へ向けて走り始めた足は止まらなかった。

ごくまれに奇跡は起こるものだということをアミリアは知った。ここ一週間ばかり手術の予定はほとんど入っていないので、三日でも四日でも代休を取って構わないよ、と事務長は言った。「後はシビルがうまくやってくれるだろう。少し顔色も悪いし、ゆっくり休養してきたまえ」

一日の勤務が終了したとたん、アミリアは宿舎の階段を全速力で駆け上がった。友人たちも次々に集まり、手持ちの衣服の中で何と何を持っていくべきかを自分たちのことのような真剣な顔で論議し合っ

た。もう開いているデパートや洋装店は一軒もない時刻だったからだ。

大騒ぎしながら荷作りを終えると、友人たちは壮行会と称してアミリアを夕食に連れ出し、にぎやかなおしゃべりを続けた。トムの名前を口にしないよう気を遣ってくれている友人たちに、アミリアは心の中でわびた。申しわけないとは思いながらも、本当のことを打ち明ける気にはどうしてもなれなかった。

8

スキポール空港に降り立って税関に向かうアミリアは、自分でもこっけいなくらい興奮しきっていた。機内で出された朝食もコーヒー以外は喉を通らなかったほどだ。誰も迎えに来ていなかったらどうしよう。できればギデオン自身に来てほしい。でも、彼の顔を見たとたんに取り乱してしまったら……。

型どおりの質問を発しながら乗客の手荷物検査をしていた若い税関職員は、目の前に立った外国女性から突然、うっとりするような微笑を投げられ、まごつきながらも愛想笑いで答えた。たまげたぞ、極上のべっぴんさんだ。身なりからして、金もありそうだな。ひょっとして、俺に気があるのかも。だが、その美人の乗客はもう一度陽気な笑顔を見せると、後は振り向きもせずに立ち去ってしまった。

　アミリアの笑顔は、到着ロビーの人込みの中に出たとたん消え去った。やはり誰も来ていないのではないだろうか？　迎えに出ることを誰かが思い出してくれるまで、何時間もここで待ち続けるのだろうか？　そのとき、若々しい男性の声が耳もとでした。

「アミリア・クロスビーさんですね？」

　振り向いてみると、まぎれもないファンデルトルク家の特徴を備えた青年が立っていた。ギデオンと同じ青い目。整った顔立ちもよく似ているが、体格はわずかに彼に劣るようだ。

「そうですが……よくおわかりになりましたこと」

　青年は愉快そうに笑った。「乗客の中でいちばんの美人を探せとギデオンに言われたんですよ。だから、すぐわかりました」

「ありがとう、と申し上げておきますわ。でも、ギデオンがそんなふうに言ったとはとても思えません。本当は、大女を探せとでも言われたんじゃありませんこと？　あるいは、太った大女とか」

　青年はアミリアの足もとに置いてあったスーツケースを持ち上げた。「誓って、そんなことは言いませんでしたよ。さあ、どうぞ。家へご案内します。ギデオンは所用で手が離せなかったんです」

　空港から家までの短いドライブの間に、青年は自分のことをいろいろ話した。名前はレーニエル。ギデオンの弟だ。年は二十五。ユトレヒトの大学を卒業し、今もユトレヒトにアパートを借りて暮らしている。目下、アメリカ旅行を計画中。「旅行が大好きというわけでもないんですが、就職を決める前に世界のあちこちを回って見聞を広めておけってギデオンが言うんですよ」

　気さくで、実に感じのいい青年だとアミリアは思った。「将来は、どういうご職業に？」

「兄と同じ、医者です。僕はギデオンほど頭が良くはないけど、数年のうちには兄から頼られるような立派なパートナーになりたいと思っています」

「結婚のご予定は？　それとも、もう……」

「まさか！　わが一族の男性は、みんな結婚が遅いんです。ギデオンなんか、ようやくあの年で……」レーニエルは急に口をつぐみ、少しあわてたように言い添えた。「お待ち遠さま。着きましたよ。人がごちゃごちゃいますが、びっくりしないでくださいね。何、みんな気のいい連中ばかりです。ところで、アミリアと呼ばせてもらって構いませんか？」

「ええ、喜んで」アミリアはメルセデスベンツを降り、レーニエルの案内で家の正面玄関に向かった。この青年はさっき何を言いたかったのだろう。ギデオンが近々結婚するということ？　だが、ゆっくり思いを巡らしている暇はなかった。玄関からヨーリットが飛び出し、二人を中へとせき立てたからだ。すぐにギデオンも玄関ホールに出てきた。

気のおけない友人同士といったざっくばらんな笑顔で彼は歩みより、握手を求めた。わけもない不満感がアミリアの胸をよぎった。軽い握手をかわした後、ギデオンは後ろから歩いてくる初老の婦人のほうに顔を向けた。背は高くもなく低くもなく、やや小太りだが顔は少女のようにあどけない感じだ。そして快活そうな大きな目は、やはりファンデルトルク一族に共通の澄んだ青い色をしている。

ギデオンが言った。「お母さん、これがアミリアです。アミリア、僕の母だよ」

二人の握手が終わるのを待ちかねたように、ギデオンはアミリアのコートを取り去り、客間へ案内した。客間では大勢の人間がコーヒーを飲みながらにぎやかに話している最中だった。一目では人数を勘定できないほどの盛況だ。

アミリアも美しい陶器のカップに入ったコーヒー

を渡され、二人の中年紳士の間のソファーを勧められた。ギデオンが全員を紹介してくれたが、耳になじみのない外国名前が頭の中でごっちゃになるばかりで、一人の名前も覚えられなかった。構わないわ、と彼女は思った。どうせ、もう二度と会うこともない人たちばかりだ。

談笑の渦の中で三十分ほど過ごした後、アミリアは二階の寝室に案内された。割り当てられたのは前回に泊まったときと同じ小塔の部屋だった。遠来の客の労をねぎらうかのように、暖炉では火がさかんに燃えていた。鏡台の上には甘い香りを放つ春の花をいけ込んだ花瓶もある。スーツケースの中のドレス類も、手回しよくハンガーにつるしてあった。

髪と顔の手入れを終えたアミリアは、昼食まで少し時間がありそうなので窓辺にたたずんで戸外を眺めた。空には灰色の雲が厚く垂れ込め、葉を落とした木々が寒そうに立っている以外、生き物らしきものの姿は一つもない。そんな荒涼とした風景もアミリアの目には心楽しいものとして映った。ギデオンの住む土地だと思うせいだろうか。

ドアに軽いノックがあり、アミリアと同じぐらいの年格好の娘が入ってきた。「お入り用のものはありませんか?」親しみのこもった声だ。「私、ギデオンの妹のサスキアです。さっき客間でお目にかかったんですが、人が大勢で、ゆっくりおしゃべりする暇もありませんでしたわね」サスキアは窓辺に歩み寄った。「いつ来ても、懐かしいわ。ふだんは夫や息子とユトレヒトで暮らしていますの。あそこもいい町だけれど、やはり生まれ育った土地がいちばんですわよね。でも母にとってこの土地には、父との思い出がありすぎるんですって。だから、もう一軒の家のほうに住みついているんです。それにギデオンの奥さんになる人のためにも、そのほうが気楽だろうって母は言いますのよ」

やはりギデオンは近く結婚するつもりらしい。自分に対する感情は、気の合う友人という域を一歩も出ていなかったのだ。ギデオンや彼の家族の心を乱さないよう、行動や発言に気をつけなくては、とアミリアは思った。ここに来たことを後悔する気持も一瞬わき上がったが、それはすぐに消えた。この三日間のうちに楽しい思い出をできるだけたくさん作り、それを死ぬまで大切にしていこう。

アミリアはギデオンの妹に笑顔で言った。「入り用のものは、すべてそろえていただいてありますわ。今、下へ行こうと思っていたところなんです。ご一緒させていただけます？」

昼食は少し騒々しいほどにぎやかだった。長い食卓の両端にギデオンと母が座り、アミリアの席はレーニエルの左隣。反対隣には三十歳前後と思われる男性が座っていた。二人とも写真に撮っておきたいようなハンサムな青年だが、アミリアの視線はとかくギデオンのほうにばかり向きがちだった。

ギデオンのすぐ右の席にいる、茶色の髪の美しい女性。あれが未来のファンデルトルク夫人だろうか。その女性はあいにく両手に数々の指輪をはめているので、その中に婚約指輪が含まれているのかどうかは、とても見分けられなかった。

食後、人々が小さなグループに別れてそれぞれにくつろぎ始めたころ、アミリアはレーニエルに誘われて散歩に出ることにした。アミリアと同じ年ごろの親類の娘二人も同行することになった。ギデオンは食事の後で書斎へ入ったきり、まだ出てこない。接客に追われてたまっている仕事があるのだろうとアミリアは思った。彼女はいったん小塔の部屋に上がり、コートとスカーフ、手袋、それに帽子も身につけて階下に戻った。

連れのレーニエルたちと一緒に書斎の前を通り過ぎようとしたとき、書斎のドアが勢いよく開いてギデオンの腕が彼女を引き留めた。

「ちょうどいいところへ来てくれた。先へ行っててくれ、レーニエル。しばらくしたら我々も追いつくから」

ギデオンはアミリアを書斎の中に引き入れ、ドアを閉めた。レーニエルと娘たちの笑いさざめく声は庭に直接通じるドアから外へ出て遠ざかっていった。

「私も行くわ。あなた、お仕事中でしょう？」

ギデオンの顔がゆっくりとほころんだ。「いや、君を待っていたんだ。こうすれば、みんなに騒がれずに二人きりになれると思ったから」

アミリアは体がこわばるのを感じた。「どうしてみんなが騒ぐの？　とにかく、特別な用事がないのなら、もう行かせてもらうわ。私、外の空気が吸いたいの」やや不機嫌に彼女は言った。

「僕の言い方が悪かったようだ。謝るよ」と言ったきり、ギデオンは先を続けようとしなかった。

「あの……。私になんの用？」アミリアがたずねると、ギデオンは無言で彼女を廊下に連れ出し、玄関ホールのテーブルの上に無造作に置いてあったシープスキンのジャケットを着込みながら言った。

「僕らは玄関から出よう。そのコートで寒くはないのかい？　ノルウェーで着ていたキルティングのジャケットを持ってくればよかったのに」

「あのジャケットはだめ。まだ魚のにおいがするの」

アミリアの手を取って自分の腕にからませると、ギデオンは玄関を出て家の裏手に回っていった。裏庭を取り巻くような形で、いくつかの納屋らしきものが立ち並んでいる。「あれは最高の休暇だったよ。休暇が楽しすぎて、家へ帰った後の生活が味気なくなったほどだ。君はどうだい？……そうか、君も帰国後にいろいろあったんだった」

「ええ。でも、そのことは今、話したくないの」

ギデオンの青い目が何かの感情をこめて彼女を見つめた。「じゃあ、その話はやめだ。ちょっとここで寄り道していこう」彼は一つの納屋の戸を開け、アミリアを先に入れた。

中は厩舎《きゅうしゃ》らしく、隅のほうには干し草がうずたかく積み上げられていた。馬が二頭とろばが一頭、それぞれの囲いの中に納まっている。もう一つの囲いの住人は絹のようなふさふさした毛を持つ母犬と、その子供たちだった。ギデオンを見て母犬は甘えるような声を出し、長いしっぽを弱々しく振った。

「ごらん、子犬は四匹いるんだよ」

「生まれたばかりね？　かわいいこと！」アミリアは思わず歓声を上げた。「でも、このお母さん犬を見るのは初めてだわ。以前からいたの？」

「つい一週間前に拾ってきたんだ。子犬がもう少し大きくなったら、家の中で飼ってやるつもりだよ」

「この子犬たちも全部一緒に？」目を丸くしたアミリアを見てギデオンは笑った。

「母とサスキアが一匹ずつほしいと言ってるんだ。残りは僕が飼うよ。家は広いから、五匹ぐらいの犬は十分に飼える」

「そう言えば、ネルとプリンスはどこ？」

「さっきは書斎のデスクの下にもぐり込んでいたよ。気がつかなかった？」

「ええ……で、子犬のことだけど、ちゃんと育てられる？　子犬って、ずいぶん手がかかるわよ」

「僕の妻が面倒を見てくれると思う」ちらりとアミリアを見下ろして、ギデオンは平然と言った。

「まあ……。知らなかったわ、結婚なさったなんて。奥様は今、どこに？」

「いや、これから結婚するんだよ」彼は腰をかがめて母犬の頭をなで、ポケットからビスケットを取り出して犬にやった。そして立ち上がるとべつの囲いのほうに行き、馬やろばに角砂糖を食べさせて回った。「レーニエルたちに追いつけなくなるといけないから、そろそろ行こうか」ややそっけなく彼は言った。

暖かい納屋を出ると、戸外の寒さがいちだんと身にしみた。納屋の戸に錠を下ろしたギデオンは、振り向きざまにアミリアを抱き締め、激しいキスをした。唇が離れたとき、驚きと困惑で息を切らし、言葉も失っていたのはアミリアだけだった。

ギデオンはいつもと少しも変わらない声で言った。「この原っぱを突っ切っていけば、みんなに追いつけると思うよ。湖に行くって言ってただろう？」

「さあ。私、聞いていないわ」うわずってしまった自分の声にアミリアは腹を立て、急いで言い足した。「厳冬期には、このあたりの湖も凍りつくの？」

ギデオンはこの土地の気候や風物についてていねいに説明してくれた。その話が終わらないうちに、前方を行く三人の姿が見えてきた。ギデオンが大声で呼びかけると三人は振り向き、立ち止まって手を振った。足を速めて歩きながら、アミリアは眉を寄せた。なぜギデオンはキスなどしたのだろう？　独身生活最後の記念に、妻以外の娘と遊んでおこうとでも思っているのだろうか？

その疑問は、散歩を終えた帰り道になってもまだアミリアの胸にわだかまっていた。不愉快な気分を忘れようと、彼女は一緒に歩いているギデオンの親類の娘の楽しそうなおしゃべりに気持を集中させた。夕食後にはもっと大勢の人々が集まってくるらしい。ダンスやゲームをしながら夜ふけを待ち、新年の到来をシャンペンで盛大に祝うのだという。父はどうしているだろうとアミリアは思った。伯母たちだけが相手では、少し静かすぎる大みそかではないだろうか？

一行が家に入ろうとしたとき、ギデオンが彼女の袖を引いて言った。「今のうち、お父さんに電話しておいたらどうだい？　夜になると電話どころではなくなるよ」

ギデオンと二人で書斎に戻ったアミリアを見て、ネルとプリンスが親しげに寄ってきた。コートや手袋を脱ぎ終えたアミリアにギデオンは受話器を差し出し、「つながったよ。今、バジャーがお父さんを呼びに行ってくれた」と言って書斎を出ていった。

電話口に出た父は上機嫌だった。「愉快にやっているんだろうな。ギデオンもそこにいるのか？」

「いないわ。彼に用事なら……」

「いや、よい新年を、と伝えてくれればいい。こっちも夜になったら少しばかり仲間を集めて陽気にやるつもりだ。お前もゆっくり楽しんでおいで」

そうします、と答えてアミリアは受話器を置いた。だが、ギデオンが未来の花嫁とむつまじくしているところを見つめているのは、さほど楽しいとも言えないだろう。それなら見つめなければいいんだわと思いながら、彼女は手袋やスカーフを集めて二階に上がった。すてきな男性は、ギデオン以外にもたくさん集まっている。おまけに豪華な料理や極上のシャンペンが出るというのだから、楽しめないはずはない。

午後のお茶の時間、ギデオンの母がさりげなくアミリアのそばに来て話しかけた。問われるままに病院や家族のことを話していると、サスキアもやって来て話に加わった。

ギデオンは紅茶カップを片手にのんびりと部屋を回り、みんなにまんべんなく声をかけている。アミリアは視線が合わないように努力し続け、彼がすぐ近くの男性グループのところに回ってきたときも振り向かなかったが、思わず耳がそばだってしまうのまでは防ぎきれなかった。もっとも、そのグループはオランダ語でしゃべっていたので、内容は一言も聞き取れなかった。

ギデオンはアミリアたちのところへもやって来たが、今夜のことについて母と短い打ち合わせをし、妹に軽い冗談を飛ばしただけで、すぐに立ち去ってしまった。

夕食を前にして、アミリアは念入りに身支度を整えた。ドレスはラメの入ったネイビーブルーを選び、華やかに結い上げた頭にもラメ入りのリボンを付けた。鏡をのぞいて最後の点検をすませると、彼女は少しひるみそうな自分をしかりつけて部屋を出た。でも、早く行きすぎてギデオンと二人きりになってしまったら……。

早すぎるどころか、客間に入っていったのはアミリアが最後のようだった。うろたえながら、彼女は目立たないように近くのグループにまぎれ込もうとした。だが半分も行かないうちにギデオンが前に立ちはだかり、彼女を隅のほうへ連れていって飲み物のグラスを手渡した。

「そういうすばらしいドレスを着た女性は、もっと堂々と入ってくるべきだよ」ほほ笑みながらギデオンは言った。「授業に遅刻した小学生みたいにこそこそ入ってくるなんて、どうしたんだ?」

「どうもしないわ。ただ、最後っていうのは、どうもきまり悪くっていけないわね。最初に来てしまうのもきまりが悪いものだけれど」

「同じなら最初に来ればよかったんだ。二人だけの思い出話にひたれたのに。もっとも、君はそんなの趣味じゃないと言うかもしれないね」

彼の口調に軽い揶揄《やゆ》を感じ取って、アミリアはますます落ち着かなくなった。「そ……そんなことないわ」彼女はグラスを近くのテーブルに置き、美しい瞳でギデオンを見上げた。「ねえ、ギデオン、なぜ私を招待してくれたの?」

「そうたずねられるのを、僕は今か今かと待っていたんだよ。答えたいのはやまやまなんだが、ここじゃあまずい。返事は二人きりになれるときまで取っておこう。もう一杯飲むかい？」

「いいえ、結構よ」泣きたい気持だった。ギデオンには近寄らないつもりだったのに、入ってきたとたんに彼につかまってしまうとは。

「にぎやかすぎて落ち着けない？　だが、本当に騒々しくなるのはこれからだよ。過ぎゆく年と新しい年のために花火も上がる」ギデオンはアミリアの腕を取り、親類の若者たちが集まっているほうへ歩き始めた。「ピエテルが君を夕食の席にエスコートすることになっているんだ」彼はフリルの着いたワイシャツとベルベットのジャケット姿の金髪の青年のところにアミリアを連れていった。

やがて始まった晩餐《ばんさん》をアミリアはおおいにたんのうした。食卓では無数の銀器やガラス器が光の綾を織りなし、その中央には、すみれの花をこぼれるばかりにいけ込んだ巨大な鉢が飾ってあった。キャビアで始まった料理は肉詰めなす、豪華なローストグースと続き、デザートはシェリー酒をたっぷりしみこませたトライフルだった。シャンペンもふんだんに出た。体にも心にも力がわいてきたような気分でアミリアは食堂を後にした。

一同が客間に戻ると間もなく、近郷近在の友人たちが陽気な挨拶《あいさつ》をかわしながら集まってきた。ダンスが始まり、レーニエルやピエテルに続いて、親類や村の青年たちが次から次へとアミリアにダンスを申し込んだ。

今夜はギデオン抜きで思いきり楽しもうという彼女の計画を支援するかのように、ギデオンは一度もそばに寄ってこなかった。感謝すべきことだと頭では思いながらも、アミリアの視線は絶えず彼のほうへ引き寄せられてしまった。楽しそうにギデオンと踊る娘たちがねたましかった。

彼が初めて近寄ってきたのは、あと数分で十二時というときだった。「僕と君のための時間だよ、アミリア」と言うなり、ギデオンは彼女を腕の中に取り込んでステップを踏み始めた。

雲の上で踊っているかのようなスリルと興奮を、アミリアは必死で静めようとした。彼の言葉に何かの意味があるなどと考えるのは間違いだ。ギデオンは集まった娘たちすべてと踊るのがホストの義務だと考えているだけのことだろう。自分の気持をまぎらすため、アミリアは気軽な会話に彼を引き込もうとした。だがギデオンは黙って彼女の顔を見つめながら踊り続けるばかりで、少しも話に乗ってこない。ついにアミリアも黙り込んでしまった。

そのとき、人込みの間を縫うようにしてヨーリットが近づき、ギデオンの耳に何事かささやいた。アミリアに視線を戻すギデオンは、強く眉を結んでいた。「ちょっと席をはずすよ、アミリア。病院から電話が来ているそうだ。すぐ帰ってくるからね」

ギデオンはファンデルトルク夫人が座っているソファーのところにアミリアを連れていき、母親に二言三言つぶやいてから急ぎ足で立ち去った。

悲しそうなため息をもらした後、ファンデルトルク夫人は笑顔でアミリアに向き直った。「困ったものですわ、こちらがいてほしいと思うときにかぎって、必ず病院の用事が割り込んでくるんですから。あの調子では花嫁さんに寂しい思いをさせるんじゃないかしらと思って、私、それだけを心配しているんですよ」

やはり彼の結婚は確定的なものらしい。それなのに結婚を申し込むとは冗談にしても悪質すぎる。あのとき、思いきりひっぱたいてやるべきだったとアミリアは思った。あの場で私が〝はい〟と言ったら、いったいどうするつもりだったのだろう。だが〝はい〟と言えるはずもなかった。当時はまだ彼への愛に気づいていなかったのだから。

急に周囲が騒々しくなったと思ったとたん、レーニエルが彼女の腕を取ってソファーから立たせた。

「さあ、早く。みんなで輪になって『蛍の光《オールド・ラング・サイン》』を歌わなきゃ」レーニエルは言った。

「あら、こちらでも『蛍の光』を？」

「歌いますよ。もちろん、その後でオランダの歌もたくさん歌いますが」

「でも、かんじんのギデオンが……」

「すぐに来ますよ。ちょっと電話に出てるだけなんですから」

レーニエルとカレル――サスキアの夫だ――の間に立って、アミリアが大声で『蛍の光』を歌っていたとき、ドアが開いてギデオンが入ってくるのが見えた。掛け時計が十二時を打ち始める。ギデオンはす早くドアの近くの娘二人の間に割り込み、輪に加わった。アミリアを探し求めるようなそぶりはどこにもなかった。

時計が十二個めの鐘を打つのと同時に部屋は歓声の渦に包まれ、人々は近くにいる相手をつかまえて手当たりしだいにキスして回った。シャンペンのグラスがぶつかり合い、風船や紙テープが部屋中を飛びかった。アミリアの頭にも風船が一つ飛んできた。それを拾って、顎ひげをたくわえた初老の紳士の背中めがけて投げ返したとき、誰かが彼女の肩をつかまえて隣の小部屋に引き込んだ。

「新年おめでとう、アミリア」穏やかな声でギデオンが言った。「去年よりも、いっそういい年でありますように……と言っても、僕にとっては去年もすばらしい年だったよ。最良の思い出ができた年だからね」

「そんなにすばらしい年だったの？」アミリアは小さな書き物机のそばに寄り、象眼細工の上板を人差し指でそっとなでながら言った。

「そうとも。いつかは自分の身にも起こるような気がして長年ずっと待ち続けていたことが、本当に起こったんだ」

「よかったわね。新しい麻酔法か何かを発見したとかいうこと？」

「結婚相手たるべき女性を発見したんだ」

「まあ、おめでとう。私の知ってる人かしら？」

「そうだ」

あのフィオーナだろうか？「その人、バーバラの結婚式に来ていた？」

「来ていたよ」

「だったら、どうして今日ここへ来ていないの？」

アミリアは鋭い声でたずねた。「なぜアメリカ行きを止めてあげなかったの？」

彼女は机の象眼細工を見つめることに忙しく、ギデオンの目が一瞬丸くなり、次におかしさをこらえるように細くなったことには気づかなかった。「トムからは便りが来てるのかい？」というギデオンの質問がアミリアの偽りの冷静さをかき乱した。

「いいえ。べつに、便りがほしいとも思わないわ」

「そろそろトムが君への未練心を起こしてもいいころだと思うんだがね」

アミリアは初めて顔を上げ、ギデオンをにらみつけた。「未練な人や煮えきらない人は私、大嫌い」

トムではなく、ギデオンへ当てつけた言葉だった。

ギデオンの口もとにゆっくりと微笑が浮かんだ。

「なんだって、こんな深刻な話になってしまったんだろう。向こうへ行って、もう一度にぎやかにやろうじゃないか」

アミリアはむしろ、このまま寝室へ逃げ帰りたかった。ベッドに身を投げ、涙が枯れるまで泣き続けたかった。そうするかわりに、あと何時間かダンスをし、笑い、おしゃべりしなくてはならない。気が遠くなる思いだった。

午前三時前になってようやくパーティーはお開き

になったが、アミリアは心身ともに疲労の限界に達していた。もはや、泣くのも考え事をするのもおっくうな感じだった。ファンデルトルク夫人と並んで二階へ上りかけていたとき、階段の下からギデオンに呼びとめられて彼女は振り向いた。「ちょっと下りてきてくれないか、アミリア」

ファンデルトルク夫人は軽くほほ笑み、そのまま階段を上っていってしまった。落ちてきそうなまぶたをこじ開けながら、アミリアはきびすを返した。誰かと話しているヨーリットの声が客間のあたりから聞こえる。大きな掛け時計の振り子の音、ネルとプリンスが鼻を鳴らしている音も。それ以外、家の中は今しがたまでの騒ぎを忘れたかのようにひっそりと寝静まっている。すでに照明を落とした玄関ホールを横切って、アミリアはギデオンの前に立った。

「なんのご用?」

ギデオンは答えず、彼女を腕の中に抱き寄せて優しくキスした。

「過ぎ去った年に、二人で別れの挨拶をしてやろうと思ったんだよ」彼は静かに言った。「新しい年に対しては、今のところ何もしてやれないと思うんだ——先走りはしたくないからね」

「何を言いたいんだか、さっぱりわからないわ」アミリアはなじるように言った。疲れと眠気で一時的に鈍っていた胸の痛みが今のキスによって目を覚まし、以前よりいっそう鋭く彼女を刺し貫いていた。アミリアは後ずさりして体を振りほどこうとしたが、ギデオンの腕は優しいながらも断固として彼女を抱き続けていた。食い入るような目で見つめながらギデオンは言った。

「わからないだろうね、今の君には。そのかわいい頭の中に、下らない考えを詰め込みすぎているからさ。そんなもの、早く追い出してしまうことだ」

アミリアは必死で彼の腕から逃れ、くるりと背中を向けた。目にたまった涙を見られたくなかった。

「あなたにお説教してもらわなくても、自分の人生ぐらい自分で切り開いていくわ」

「ほら、それが下らない考えだと言ってるんだよ。僕が言いたいのは……」

その先を聞かずにアミリアは逃げ出した。階段を駆け上がり、部屋に飛び込み、そして望みどおり涙が枯れるほど泣きに泣いた。もう何もかもおしまい。希望のかけらさえ残ってはいない。

せめてもの救いは、手遅れになる前に彼の結婚相手を知ったことだ。さもなければ、うっかり口を滑らしていたかもしれない――私が愛しているのはトムじゃないわ。ねえ、ギデオン、結婚しようって言ってくれたのは本気? 本気かどうか、どうしても知りたいの。だって、私が愛しているのは、ギデオン、あなたなんですもの。あなたのいない人生なんて、もう考えられないわ……。言わなくてよかった。神様、ありがとうございます。

泣き疲れたアミリアは着替えもそこそこにベッドに入り、すぐさま深い眠りに落ちた。目が覚めたとき、時計の針はとっくに九時を回っていた。呼ばれて階下に行ってみると、若者たちが集まってのにぎやかな朝食の最中だった。たちまちアミリアも話の仲間入りをさせられた。話題はもっぱら、楽しかった昨夜のお祭り騒ぎのことだった。

「でも、ギデオンはかわいそう。きっと、朝食も抜きよ」突然サスキアに言われ、トーストにバターを塗っていたアミリアの手は小さく震えた。

「まあ、なぜ? 朝早くから外出なさったの?」

「朝早くというより、夜中ね。ベッドに入らないうちに呼び出しがかかって、ユトレヒトに飛んでったのよ。緊急の大手術か何かですって」サスキアは妙にしげしげとコーヒーカップをのぞき込んで言い添えた。「誰かが監視していないと、兄は体を壊してしまうわ。やっぱり、早く結婚しなくちゃ。ねえ、アミリア、そう思うでしょ？」

「ええ」トーストの皿を見つめながらアミリアは小声で言った。

遠くの席から親類の青年が口を入れた。「よほどタフな花嫁じゃないかぎり、彼を監視してるうちに自分のほうが体を壊してしまうぞ」

「そんなことないわ」末娘のホールが兄の肩を持って言った。「ギデオンは優しいもの。やっと身を固める気になって、本当によかったわよね」

アミリアはなおも皿を見つめていたので、ファンデルトルク一族の気づかわしげな視線が自分に集まったことにも気づかなかった。失敗を悟ったホールは陽気な声で話題をべつの方向に持っていった。

しばらくしてサスキアが言った。「ギデオンが昼食に遅れると困るわね。今日も大勢のお客様が見える予定なのに」

「少しは眠る時間があるのかしら？」アミリアは思いきって口をはさんだ。かわいそうに、一睡もしていないとは。もっとも彼はフィオーナ以外の人間から同情されてもうれしくはないだろうが。

「軽くシャワーを浴びて、さっぱりしたものに着替えて十分も横になれば、ギデオンは生き返りますよ」テーブルの向こう側からレーニエルが笑顔で言った。「わが家の人間は、みんなそうなんです。変わり者ぞろいですよ」

アミリアは大きくかぶりを振った。この心温かい家族の一員に迎えられようとしているフィオーナがうらやましくてならなかった。

昼食の直前に現れたギデオンは弟の予言どおり、熟睡した後のようなさわやかな顔で来客に挨拶して回った。だが、よくよく見ると目や口の周囲に疲れたようなしわが刻まれている。彼が顔を上げたので、アミリアは急いで連れの青年に向き直った。

突然、耳もとでギデオンの声がした。「なんだか複雑な顔をしているよ──哀れみと驚きが入りまじったような。なぜだい？」

アミリアは平然と答えた。「わけは簡単よ。かわいそうだと思ったのは、一睡もしていないって聞いたから。びっくりしているのは、それなのに今、ちゃんとここにいて、見たところ、すごく……」

「すごく幸せそう？　それとも、すごくさっそうとしている？　どっちでも好きなほうを選んでくれ」

「どうぞ、ご自分で選んでちょうだい」アミリアは作り笑顔でいなし、連れのほうに顔を戻した。青年はどこかに消えていた。「あら、あの人の話、まだ終わっていなかったのに」

「誰かが割って入らなきゃ、テオドーレは二日でも三日でもしゃべっているよ」アミリアは思わず吹き出した。「ほら、あんな自意識過剰の若僧より、僕のほうがはるかに楽しい話し相手だろう？　そこで提案だが、昼食がすんだら二人で散歩に行こうじゃないか。僕がいかに興味深い人間かということを、君も再認識してくれると思うよ」

「昼食後は少しでも眠ったほうがいいんじゃないかしら？」

「眠るぐらい、いつだってできるさ。君にぜひ村の教会を見せたいんだ」

「じゃあ……お供するわ。行くのは私たちだけ？」

脅すようににらまれ、アミリアは赤くなった。

「僕が危険人物かどうか、なんなら村中の人間を連れてきて証言させようか？」

「ごめんなさい。そんな意味じゃなかったの」

「だったら、どんな意味？」

「べつに……特別の意味はないわ。ただ……話の接ぎ穂として言っただけよ」

「参った！　僕はそんなに話しにくい相手かい？」

ギデオンは楽しそうに笑ったが、やりこめられたアミリアは少しも楽しくなかった。

「違うわ。私の言いたかったのは……」そのとき遠くのほうでギデオンを呼ぶ声が上がり、彼は立ち去った。もう散歩に連れていってくれる気はなくしたに違いないとアミリアは思った。惨めだった。

だがギデオンの決心は変わらなかったと見え、昼食が終わるとすぐにアミリアのそばへやって来た。

「しっかり着込んだほうがいいよ。今日は寒さがきついし、この季節は日の落ちるのも早いから」

言われたとおり厳重に装備を固めて、アミリアは戸外に出た。急ぎ足で十分ほど歩くと体は少し温まったが、無防備の顔の表面がひりひりと痛む。「凍《い》てつくような寒さって、こういうのを言うんでしょうね」息を切らしながらアミリアが言うと、ギデオンは美しく染まった彼女の頬にちらりと目をやった。

「確かに寒い。霧氷なんかどこにも見えないよ」

「でも、こんな季節も私は好きよ」

「僕は霧氷を待っているんだよ、アミリア」

彼の言葉の意味に気づかないふりをすることもできたが、アミリアは正面から立ち向かう道を選んだ。

「待ってもむだだと思うわよ。どうしてそのことにこだわるの？」

「君には、ぜひ幸せになってほしいからだよ」

凍りついた水たまりの上でアミリアの足が滑った。すぐさまギデオンが体を支えてくれたが、アミリアが体勢を立て直した後も彼は手を放さず、そのまま歩き続けた。

アミリアは言葉を選びながら言った。「あなたが今、幸せなのはわかるけど、だからって周囲のみんなに幸せになれと言うのは無茶よ」

「みんなはどうだっていい。僕は君のことを言ってるんだ……どうしてトムに手紙を書かないんだ？愛しているのなら、あきらめずに努力すべきだよ」

「その話はしたくないの」アミリアは強い口調で言

った。「せっかくの楽しい散歩が台無しになるわ」

「了解。じゃあ、おおいに散歩を楽しもう」ギデオンの声には、どこかほっとしたような響きがあった。「あそこに林が見えるだろう？　あの向こう側が、村と教会だよ」

村の規模とは不釣り合いなほど大きく立派な教会だった。鍵を開けてもらって中に入ると、厳粛な雰囲気がアミリアを打った。白塗りの壁には、ガラス窓から差し込む冬の日が寒々とした幾何学模様を描いている。説教壇は大きく、まるで威圧するかのように信者席を見下ろしていた。そして左右の壁には、無数とも思える銘板が飾ってある。目をこらして文字を読むと、ほとんどがファンデルトルク一族の名前を刻んだ銘板だった。

「あなたの家の方たちは、かなり昔からここに住みついているみたいね」

「大昔から、と言ってもいいだろうな。僕が住んでいる家は十四世紀に城として建てられたものだよ」

「そんなに昔から、ずっとこの土地に？」

「そうだよ。しかも、うちの家系は親から子へと一度の中断もなく続いて現在に至っている」ギデオンは軽くほほ笑んだ。「昔から我が家は、子供好きの子だくさんということで有名なんだ」

子供たち。家庭。ギデオンの家庭。アミリアは涙をこらえて後ろを向き、壁に刻まれた天使の像を一心不乱に見つめた。ギデオンの穏やかな声が彼女の耳を打った。

「いつになったらたずねてくれるんだい？――僕の決めた結婚相手は誰かっていうことを」

「私……べつに知りたくないわ。おおよその見当はついているから、今さら教えてもらわなくても結構よ」アミリアは大きく息を吸い込んだ。「お願い、ギデオン、この話はよしましょうよ」

「君がそう言うなら、話題を変えようか。ほら、この大理石の彫像をごらん。真ん中にいるのが僕の大昔の先祖の一人だ。隣が奥さんで、子供たちもかわいいだろう？　男の子が六人に、女の子も六人だ」

ギデオンはアミリアを従えて教会の中をくまなく説明して回り、どんなささいな質問にも、おっくうがらずに答えてくれた。しばらくして二人は教会に別れを告げたが、帰り道でもギデオンの陽気で楽しいおしゃべりは続いた。遠来の、さほど付き合いの深くない友人を親切にもてなしている主人といった感じだ。まさに、自分とギデオンの関係そのものだとアミリアは思った。

その日の晩餐には、さらに多くの親類や友人が詰めかけた。ダンスパーティーはなく、にぎやかな会話と笑いの渦が夜遅くまで続いた。薄紅色のデシンのドレスをまとったアミリアも夜を十分に楽しむ予定だったが、実際は話し相手に適当な相づちを打ちながら、いつになってもそばに来てはくれないギデオンを恨めしい思いで観察しているだけだった。

もれ聞こえた会話から、彼に今日アメリカから電話があったことを知ると、アミリアの心中はますます波立った。それでギデオンがようやくそばに来て腰を落ち着けて話し始めたとき、彼女の口から出た言葉は〝ええ〟〝いいえ〟〝まあ〟〝そう？〟の四種類がすべてだった。そのくせ彼が向こうへ行ってしまうと、話し相手になってくれないことへの恨みと怒りがまたもや吹き出すのだった。

その夜、アミリアは二度とギデオンと話すチャンスのないまま寝室に上がり、前夜に続いて泣きくたびれるまで泣いてからベッドに入った。

翌日は別れの日だった。空港まで送ると言ってくれたレーニエルに、アミリアは笑顔で感謝した。ギデオンは朝から姿が見えず、昼食が終わってアミリアの出発時刻が近づいても帰ってくる気配はなかった。特別な間柄でもないのだから当然だと自分に言い聞かせながら、アミリアは彼の母や弟や妹たちとにこやかな別れの挨拶をかわし、ギデオンにくれぐれもよろしくと言い添えた。

ヨーリットのオランダなまりの別れの言葉に挨拶を返しているとき、ロールスロイスが一台、飛ぶように走ってきてレーニエルのベンツの横に止まった。中からギデオンが悠然と降り立ち、弟に二言三言しゃべってからアミリアのところへやって来た。

「絶妙のタイミングだ」あっけに取られたアミリアの顔を見下ろして彼は言った。「僕はスピード狂じゃないから、スキポールまでカーチェイスをやらずにすんでほっとしたよ」

「でも、空港へはレーニエルが……」

「レーニエルは僕が時間までに帰れなかった場合の代役だよ。ちゃんと帰れたんだから、僕が行く」

アミリアは返す言葉を思いつけないまま、無言で助手席に乗り込んだ。いや、返すべき言葉はあるのだが、それを言いたくないというのが正直な気持だった。ギデオンも珍しく黙り込み、時おり低い口笛を吹きながら運転を続けた。

いつの間にか二人はスキポール空港の出発ロビーに立っていた。ギデオンはアミリアのすばらしい社交辞令をさえぎって、怒ったように言った。「もう時間がない。全く我々は何をしてたんだろう。ここに来るまでの車の中でなら、いくらでも話せたっていうのに！」ギデオンは軽く腰をかがめてアミリアの顔をのぞき込み、やにわに荒っぽくキスした。

「これだけは言っておくよ、アミリア。僕が結婚したい女性はフィオーナじゃない」

そのとき天井のスピーカーを通して、ロンドン行きの乗客に搭乗を促す声がロビーに響いた。

「今度は僕のほうから会いに行くよ」と言ってギデオンは再びアミリアの唇にふれ、搭乗ゲートへ向けて彼女の背中を軽く押し出した。

9

職場に戻ったその日から、アミリアは口やかましい仕事の鬼に変身した。手術は午前と午後合わせて二、三件という暇な日が続いたが、手術室付きの看護師たちは、室内の一斉清掃や模様変えや備品の補修を次から次に命じられ、息つく暇もないありさまだった。ささいなことでしかり飛ばされた看護学生たちは半べそをかきながら、看護師長さんはいったいどうしてしまったのかと、かげでうわさし合った。

そんな状態に突如として終止符が打たれたのは、冷え込みの厳しいある朝のことだった……。まだ朝もやの立ち込める中、凍結した路上でスリップした大型トラックが、満員の乗客を乗せたバスに突進していったのだ。大事故だった。

緊急招集をかけられたアミリアは、髪を乱雑に結い上げただけで宿舎の部屋を飛び出した。まだ薄暗い病棟の廊下を小走りに駆け抜けていると、やはり急ぎ足で近づいてくる人影があった。外科部長だ。

二人は足を止め、手持ちの情報を交換し合った。情報量は部長のほうが少しまさっていた。

「満員のバスがやられた。まだ負傷者を運び出している最中らしい。手術室は二つとも開けて待っていてくれ。軽傷者は救急室で処理するが、重傷者もかなりいる様子だから」と言った後で、彼は起きぬけの素顔のままでも美しく見えるアミリアの全身を見回した。「気の毒に、お顔の手入れをする暇もなかったらしい」

医師としての腕は確かだが、ユーモアのセンスだけは救いがたいとアミリアは思った。「おしゃれをしている場合じゃないと思ったものですから。でも、頭のほうはしっかり起きていますわ。手術患者についての情報は、なるべく早めにお願いします」

階段を駆け上がって看護師長室へ飛び込むと、アミリアは内線で救急室を呼び出した。「ジャネットね？　アミリアよ。お願い、こっちへ来る患者について、何かわかりしだい教えてほしいの。準備の都合があるから。今、部長にも頼んではおいたけれど、あの先生のことだから……」

「わかったわ。任せといて」

それから十分後に運び込まれた最初の患者は、後頭部に重損傷を受けた青年だった。アミリアは本来の冷静かつ有能な看護師長に戻って配下の看護師に指示を与え、同時にシビルをチーフとする一団を第二手術室に送り込んで次の患者の受け入れ準備に当たらせた。そちらの部屋にも、すぐに患者が運び込まれ、あとは両方の手術室とも戦場のような騒ぎが続いた。朝食などは問題外だった。

何人めかの患者の麻酔が終わって今から手術というとき、麻酔医のゴフ博士が入口のほうを見上げてほっとしたように立ち上がった。「ありがたい。では食事に行かせてもらっていいんですな？」

「ごゆっくり、どうぞ。ここが終わったら隣へも応援に行くよう、トムリジョーンズ君に言われていますから、その旨、隣の麻酔医にも伝えてください」

手術室の床に物の落ちる音がした。準備作業中の看護師長の手から滑り落ちた数個の鉗子《かんし》だった。幻聴だったのだろうかとアミリアは思った。しかし、今のはどう考えてもギデオンの声だった。

落ちた鉗子を拾うよう看護師の一人に命じておいてアミリアは器具の準備を続け、それを終えてから初めて顔を上げた。ベッドの枕もとに手術着と手術帽を着けた肩幅の広い麻酔医が座って患者の顔をのぞき込んでいる。やはりギデオンだった。アミリアの心臓は異常な速さで打ち始めた。

「看護師長、クリップと鉗子を」トムリジョーンズ医師に交替して執刀に当たる外科部長が命じた。アミリアは一瞬のうちに雑念を忘れて職務に没頭した。

今回の患者は全身に無数のガラス破片が突き刺さってしまった初老の男性だった。破片を一つずつ摘出して傷口を縫合していく手術には長時間を要し、その間ギデオンは一度もアミリアに目を向けなかった。アミリアは一秒だけ職務を離れ、たぶんギデオンは気づいていないのだと自分に言い聞かせてから再び仕事に気持を集中した。

患者が病室に運び去られた後、看護学生二人とパートタイマーのウィルクス看護師が新しく勤務に就いたので、アミリアは朝から働きづめの看護師たちを交替で食事に行かせることにした。

間もなくシビルが第一手術室のドアを開けて中をのぞき込み、次の手術の準備を始めていたアミリアに声を掛けた。「そこは私がやりますから、看護師長こそ少しお休みにならないと……」

「ありがとう。でも、手順から言って、このほうがいいのよ。第二手術室の次の患者は比較的軽度の負傷だから、ウィルクス看護師でもこなせると思うの。食事をすましたら、私と交替してちょうだい」

「わかりました。なるべく早く戻ります」

「急がなくても、この手術が終わるころに来てくれればいいわ」ねぎらいの微笑をうかべてアミリアは言った。「カーター看護師も一緒に連れていってちょうだい。かなり疲れているようだから」

「わかりました……ところで、看護師長、見たことのない麻酔医のドクターが第二手術室に来ておいでなんですが、あれは、いったい……」

「トムリジョーンズ先生のお友だちらしいわね。それより、ちょっと救急室に寄って、どれくらいの手術患者が残ってるのか電話で教えてくれる?」

「承知しました。それと、時間があったらつまめるように、軽い食事を看護師長室に運ばせますわ」

シビルが去った後、アミリアは次に運び込まれる患者のための準備作業を続けた。鉗子の具合を点検していたとき、またドアが開いた。入ってきたのはギデオンだった。

「やってるね。ところで今夜、ぜひとも君に夕食をごちそうしたいんだが？」

アミリアは手術用の大きなマスクに心から感謝した。これを掛けていなければ、真っ赤になった顔を人前にさらしていたことだろう。「夜までに飢え死にしていなければ、ぜひお供させてください。でも、豚みたいな食欲だって笑わないでね」

「笑うわけがないさ」彼は穏やかに言った。

実習外科医の一人、ディック・ダイヴが入口から顔を出した。「次の患者の麻酔準備ができております、先生」はるか目上の医師に対するようなうやうやしい言い方だった。急ぎ足で出ていくギデオンの後ろ姿を見送りながらアミリアは眉を寄せた。彼はなぜ、この病院にやって来たのだろう？

その疑問をアミリアが口にしたのは、それから数時間もたって、パーシー街のギリシア料理店で食後のコーヒーを飲んでいるときのことだった。宿舎で一日の疲れを洗い流し、念入りに身支度を整えてギデオンと落ち合ったアミリアは、すでに一日の労を報いて余りあるほどの食事を終えていた。こってりしたたらこの練り物《タラモサラタ》、各種の串焼き、蜂蜜のたっぷり入った栄養満点のプディングも。

満足のため息を深々と吐き出してから彼女はたずねた。「イギリスへはなんの用事で？」返事はなかった。「トムリジョーンズ先生と知り合いだったなんて、少しも……」

「彼とは古くからの友人だが、僕は君に会うために来たんだよ、アミリア」

アミリアの心臓は狂ったように打ち始めた。「私に？　なぜ？」

「君が楽しく仕事をしているかどうか気になって」

「もちろん、楽しくやってるわ。やりたいことが多すぎて一日が二十四時間じゃ足りないぐらいよ」

「となると、僕と結婚してくれなんて頼んでも時間の無駄らしい」ギデオンは落ち着き払って言った。「時間と言えば、もう十二時だ。非常に残念だが、そろそろ帰ろうか。明日も朝から勤務だろう？」

怒りと屈辱感と惨めさが胸の中を荒れ狂い、アミリアは必死で笑顔を作ってうなずくのがやっとだった。ギデオンが運転する車の中でも彼女は唇を一文字に結んでいたが、病院の建物が目の前に迫ってきたのを見ると、たまりにたまったうっぷんが口をついて出てしまった。

「だって、あなたはフィオーナと結婚するんでしょう？」

ギデオンは車を夜間通用口の前で止め、無言で外に降りると車の前を回ってアミリアのためにドアを開けた。「君は実に血の巡りの悪い子だね、アミリア」車を降りた彼女に向かってギデオンは静かに言った。「冷たい氷の中に閉じこもっているからだよ」彼は通用口のドアを押し開けた。

返す言葉を一つも思いつけないまま、アミリアは通用口をくぐって病院の中に入った。

翌朝アミリアは、極度の疲労と絶望感にさいなまれながら勤務に就いた。午前中はぎっしり手術予定が詰まっているうえ、昨夜はついに一睡もできずじまいだった。だが、何よりも気が重いのは自分がこれから先、どんな行動を取ればいいのか全くわからないでいることだった。

看護師長室で飲んだ濃い紅茶で少し気分が引き立ち、それから二時間、何を考えるゆとりもないほど仕事に追いまくられたことで、さらに頭がはっきりした。取るべき行動も昼前にはわかった。

午後五時に勤務が終わりしだいギデオンの居場所を探して会いに行き、愛していると言ってしまおう。今までそこに気づかなかったことが不思議なくらいだ。ギデオンの居場所はトムリジョーンズ医師にたずねればわかる。昨日、二人で近いうちに食事しようと話し合っていたから、ギデオンがまだロンドンにいることは間違いない……。

そのトムリジョーンズ医師が執刀を終えて手術台を離れ、ほっとしたようにゴム手袋を脱ぎ始めた。誰に言うともなく彼はつぶやいた。「ファンデルトルクは、家に着いたころだな。せめて、もう一日でもいてくれれば……」

彼の独り言はまだ続いたが、アミリアは聞いていなかった。家に帰った！　何もかも手遅れだ。なぜ夕べのうちに話してしまわなかったのだろう。結婚うんぬんと言われたとき、冗談か、それとも本気なのかと問いつめるべきだった。

突然、アミリアは大きく身震いした。こんな状態には、もう一秒も耐えられない。彼女はワゴンを所定の場所に戻してから目くばせでシビルを呼び寄せ、時間には少し早いが食事に行ってくると告げて部屋を抜け出した。

看護師長室に行って財布だけをわしづかみにすると、アミリアはそのままエレベーターの前に走っていった。今日が昼食の早番に当たっていたことを天に感謝したい気持だった。あのまま仕事を続けていたら、次の手術の最中に発狂していたことだろう。

一階のホールにある電話ボックスには先客がいた。しかも、前で二人も待っている。アミリアは玄関を飛び出して、昼休みの人出で込み合う通りに出た。百メートル先に電話ボックスがあるはずだ。

病院前庭の守衛詰所で手術室への呼び出し電話がつながるのを待っていたギデオンは、氷雨の中を走り去るアミリアを見て目を丸くした。彼は守衛に用はすんだからと声をかけ、悠揚せまらぬ足取りでアミリアの後を追った。この雨の中、傘もささずにアミリアはどこへ行くのだろう……？

傘をさした中年女性をタッチの差で追い抜いたアミリアはす早く電話ボックスに飛び込み、憤慨する女性の目の前でドアを閉めきって受話器を上げた。ありがたいことに、意外なほど早くオランダへの電話はつながり、礼儀正しいヨーリットの声が送話口からもれてきた。

数秒後、アミリアはヒステリックな声で抗議していた。「ご不在？　うそだわ。早くギデオンを出して！　今すぐ話が……」

背後で電話ボックスのドアが開く気配がした。さっきの婦人に違いない。だがかんしゃくを抑えながら振り向いたアミリアの目に映ったのは、狭いボックスの中に体をねじこもうとしているギデオンの顔だった。

自制心はとっくに底をついていた。大粒の涙が二つ、彼女の美しい目から頬に落ちた。しびれた手を滑り落ちた受話器が、電話台の下で振り子のように揺れた。「どうして家にいてくれないの？　あなたに用があって電話をかけたのに！」涙で喉を詰まらせながらアミリアは叫んだ。

ギデオンはコードをたぐって受話器をつかみ、二秒ほどしゃべってからフックに掛けた。窮屈そうに身動きしながら、彼は片手をアミリアの背中に回して抱き寄せた。「どんな用だったんだい？」

アミリアは大きな胸の中でつぶやいた。「帰ってしまったって……あなたがオランダに帰ってしまったって聞いて、もう我慢できなくなったの。愛してるって言いたかったのよ。笑いたければ笑ってよ。私のこと愛していないなら、はっきりそう言って、そしてどこかに消えてしまってよ！」

優しくほほ笑んだギデオンの顔が近づき、甘いキスで彼女の唇をふさいだ。長いキスの後、彼は涙にぬれたアミリアの顔を静かにのぞき込んだ。「やっと氷が割れたね、アミリア。この時が来るのを僕は待っていたんだよ――君に会った日から、ずっと待ち続けていた。氷が割れて、凍っていた木にきれいな霧氷の花が咲いた……いや、どんなに美しい霧氷より、君のほうがずっときれいだよ、アミリア」

二人の唇が再びしっかりと合わさったとき、ドアをこじ開けてさっきの婦人が肩をボックスの中に差し込んだ。「ちょいと、お若い人！　こんな場所でキスするなんて、いったいぜんたい、どういう……」

ギデオンが肩ごしに振り向いて言った。「どういうものかは、経験者でないとおわかりにならないでしょう。早い機会にご自分で試してごらんになることをお勧めしますよ」再び熱烈なキスを始めた二人を、婦人はあっけに取られて見守るばかりだった。

「ギデオン、私たちこれから、どうなるの？」幸せに頰を染めながらアミリアがささやくと、ギデオンはドアを開けて歩道の雑踏の中に彼女を連れ出した。人波にもまれながら二人はじっと立ちつくし、お互いの顔を見つめ合った。

「もちろん、結婚して夫婦になるんだよ」ギデオンは明るく言って周囲を見回した。「今、昼休みなんだろう？　どこかに入って、サンドイッチでもつまみながら将来のことを話し合おうじゃないか」

「話したいことは山ほどあるわ。それに……」

突然、さっきの婦人が傘の中から二人の間に顔を突き出し、大声で言った。「おめでとうを言わせてもらうわ」婦人のいかめしい顔には思いがけない微笑があった。「さあ、お若い人、ぐずぐずしてないでもう一度キスしてあげなさいよ、花嫁さんに！」

ギデオンは喜んで忠告に従った。

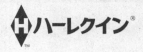

ハーレクイン・ロマンス　1984年5月刊（R-319）

霧氷
2024年5月5日発行

著　　者	ベティ・ニールズ
訳　　者	大沢　晶（おおさわ　あきら）
発 行 人	鈴木幸辰
発 行 所	株式会社ハーパーコリンズ・ジャパン 東京都千代田区大手町 1-5-1 電話 04-2951-2000（注文） 0570-008091（読者サービス係）
印刷・製本	大日本印刷株式会社 東京都新宿区市谷加賀町 1-1-1

ISBN978-4-596-53997-7 C0297

ハーレクイン・シリーズ 5月5日刊 発売中

ハーレクイン・ロマンス

愛の激しさを知る

独りぼっちで授かった奇跡	ダニー・コリンズ／久保奈緒実 訳	R-3869
億万長者は天使にひれ伏す 《純潔のシンデレラ》	リン・グレアム／八坂よしみ 訳	R-3870
霧氷 《伝説の名作選》	ベティ・ニールズ／大沢　晶 訳	R-3871
ギリシアに囚われた花嫁 《伝説の名作選》	ナタリー・リバース／加藤由紀 訳	R-3872

ハーレクイン・イマージュ

ピュアな思いに満たされる

生まれくる天使のために	タラ・T・クイン／小長光弘美 訳	I-2801
けなげな恋心 《至福の名作選》	サラ・モーガン／森　香夏子 訳	I-2802

ハーレクイン・マスターピース

世界に愛された作家たち
～永久不滅の銘作コレクション～

情熱は罪 《特選ペニー・ジョーダン》	ペニー・ジョーダン／霜月　桂 訳	MP-93

ハーレクイン・ヒストリカル・スペシャル

華やかなりし時代へ誘う

路地裏をさまよった伯爵夫人	アニー・バロウズ／琴葉かいら 訳	PHS-326
ふたりのアンと秘密の恋	シルヴィア・アンドルー／深山ちひろ 訳	PHS-327

ハーレクイン・プレゼンツ作家シリーズ別冊

魅惑のテーマが光る
極上セレクション

秘密の妻	リン・グレアム／有光美穂子 訳	PB-384

※予告なく発売日・刊行タイトルが変更になる場合がございます。ご了承ください。

5月15日
発売

ハーレクイン・シリーズ 5月20日刊

ハーレクイン・ロマンス

愛の激しさを知る

幼子は秘密の世継ぎ	シャロン・ケンドリック／飯塚あい 訳	R-3873
王子が選んだ十年後の花嫁 《純潔のシンデレラ》	ジャッキー・アシェンデン／柚野木　菫 訳	R-3874
十万ドルの純潔 《伝説の名作選》	ジェニー・ルーカス／中野　恵 訳	R-3875
スペインから来た悪魔 《伝説の名作選》	シャンテル・ショー／山本翔子 訳	R-3876

ハーレクイン・イマージュ

ピュアな思いに満たされる

忘れ形見の名に愛をこめて	ブレンダ・ジャクソン／清水由貴子 訳	I-2803
神様からの処方箋 《至福の名作選》	キャロル・マリネッリ／大田朋子 訳	I-2804

ハーレクイン・マスターピース

世界に愛された作家たち
〜永久不滅の銘作コレクション〜

ひそやかな賭 《ベティ・ニールズ・コレクション》	ベティ・ニールズ／桃里留加 訳	MP-94

ハーレクイン・プレゼンツ作家シリーズ別冊

魅惑のテーマが光る
極上セレクション

大富豪と淑女	ダイアナ・パーマー／松村和紀子 訳	PB-385

ハーレクイン・スペシャル・アンソロジー

小さな愛のドラマを花束にして…

シンデレラの小さな恋 《スター作家傑作選》	ベティ・ニールズ 他／大島ともこ 他 訳	HPA-58

文庫サイズ作品のご案内

◆ハーレクイン文庫・・・・・・・・・・・・・毎月1日刊行
◆ハーレクインSP文庫・・・・・・・・・・毎月15日刊行
◆mirabooks・・・・・・・・・・・・・・・・・毎月15日刊行

※文庫コーナーでお求めください。